Donaugeschichten

Ein Tag an der Donau vor 500 Jahren

AF191782

Von derselben Autorin oder demselben Autor

KEINE PANIK ! Der ultimative Survival Guide durch das Midlife Universum

KEINE PANIK !Der ultmative Hitzewelle Surf-ival Guide durch das Menopause Universum

KEINE PANIK ! Der ultimative Survival Guide durch das Chaos Universum der Pubertät

STUPID by the Feed-die gefährliche Macht der sozialen Medien

Die Kunst sich selbst zu leben-vom Mut den eigenen Weg zu gehen

Psychotricks-Manipulation in Beziehungen und im Alltag erkennen und sich davor schützen

Energievampire unsichtbare Feinde der Seele-wie Du deine Lebensenergie zurückeroberst

Mensch 2.0 wie du mit Technologie in Einklang kommst ,ohne dich selbst zu verlieren

Workflow 2.0-effizienter arbeiten,smarter leben

Das kreative Chaos- wie ADHS dein größtes Talent sein kann

Mein wunderschöner energetischer Naturgarten-wie du mit Lakhovskis und Schaubergers Lehren deinen Garten in ein Paradies verwandelst

Pannonische Perspektiven- Geschichten aus Pannonia

Mara von Eichen

Donaugeschichten

Ein Tag an der Donau vor 500 Jahren

Mara von Eichen

© Auflagen Mara von Eichen

*Verlag: BoD · Books on Demand GmbH, Überseering 33,
22297 Hamburg, bod@bod.de
Druck: Libri Plureos GmbH, Friedensallee 273, 22763 Hamburg
ISBN: 978-3-8192-0743-3*

Mara von Eichen

Mara von Eichen lebt mit ihrer Familie in Südungarn und verbindet in ihren Werken Natur,Psychologie,Bewusstsein und kreative Ausdrucksformen. Als Autorin und Künstlerin betrachtet sie die Welt mit besonderer Sensibilität und Tiefgang. Ihre Sachbücher laden dazu ein, neue Perspektiven zu entdecken und die Verbindung zwischen Mensch und Technologie bewusster wahrzunehmen. In der Ruhe der unberührten Landschaft findet sie Inspiration für ihre Arbeiten, die Verstand und Seele gleichermaßen ansprechen.

„Die Donau trägt Geschichten in ihrem Wasser, die seit Jahrhunderten erzählen, was Worte nicht fassen können."

Inhaltsverzeichnis

Vorwort

Die Donau – ein Fluss, der seit Jahrhunderten die Herzen und Geschichten von Millionen von Menschen verbindet. Sie ist nicht nur ein geographisches Element, sondern ein lebendiges Band, das Kulturen, Nationen und Jahrhunderte miteinander verknüpft. „Ein Tag an der Donau – vor 500 Jahren" lädt dich ein, in eine Zeit einzutauchen, in der der Fluss nicht nur eine Grenze, sondern auch eine Lebensader war.

In diesem Buch reise ich mit dir von der Quelle der Donau bis zu ihrer Mündung, vorbei an Städten, die in ihrer Geschichte von Höhen und Tiefen geprägt wurden. Wir erleben die Welt vor 500 Jahren – von den kleinen, handwerklich geprägten Dörfern und lebendigen Handelsmärkten bis hin zu den prächtigen Residenzen der Adligen und den düsteren Schatten der Kriege, die das Land durchzogen. An einem einzigen Tag erlebst du das Leben und die Sorgen der Menschen – von den Mühen eines Müllers bis zu den Herausforderungen eines osmanischen Stadthalters.

Diese Geschichten wurden von der Strömung der Donau getragen, und sie erzählen von den kleinen und großen Momenten, die das Leben entlang dieses majestätischen Flusses ausmachten. Während wir gemeinsam diese Reise antreten, möchte ich dich einladen, die Donau nicht nur als Fluss, sondern als ein echtes Gefäß für Geschichten, Erinnerungen und das Leben selbst zu erleben.

Möge diese Reise durch die Zeit dir genauso viel Freude bereiten wie mir bei ihrer Entstehung.

Mara von Eichen

Einleitung

Die Donau, der zweitlängste Fluss Europas, ist nicht nur ein geographisches Merkmal, sondern ein unerschöpfliches Archiv der Geschichte. Sie zieht sich wie ein rotes Band durch das Herz Europas, verbindet Länder, Völker und Kulturen und erzählt ihre eigene, unzählige Geschichten. Im Jahr 1524, zu einer Zeit, als die Welt noch von den Grenzen großer Reiche und Kriege bestimmt wurde, floss sie bereits als Zeugin unzähliger Ereignisse durch das Land – von friedlichen Handelsreisen bis zu erbitterten Kämpfen, von ehrgeizigen Herrschern bis zu den einfachen, aber entscheidenden Leben der Menschen, die sich an ihren Ufern niederließen.

In „Ein Tag an der Donau – vor 500 Jahren" nehme ich dich mit auf eine Reise entlang dieses majestätischen Flusses, die nicht nur geographisch, sondern auch zeitlich weit über das hinausgeht, was wir heute kennen. An diesem einen Tag, an dem wir uns befinden, blühen die Märkte, bereiten sich Krieger auf den nächsten Krieg vor, und Händler handeln ihre Waren, die die Welt verändern könnten. Doch das Leben dieser Menschen ist nicht nur von großen historischen Ereignissen bestimmt, sondern auch von ihren persönlichen Kämpfen und Siegen.

Vom Müller in einem kleinen Dorf bis zum osmanischen Stadthalter einer großen Festung, von den Straßen der Städte bis zu den geheimen Versammlungen der Handelsgilden – jedes Leben entlang der Donau erzählt seine eigene Geschichte. Dieses Buch lädt dich ein, diese Geschichten zu entdecken, die tief in der Geschichte verwurzelt sind und dennoch universelle Themen wie Hoffnung, Verlust und den ständigen Wandel des Lebens behandeln.

Die Donau ist der verbindende Faden, der all diese Erlebnisse miteinander verknüpft. Ihre Strömung trägt das Leben an ihren Ufern und nimmt es mit sich, unaufhaltsam, aber niemals vergessend.

Donaueschingen (Deutschland)Jakob Seiler-Müller

Donaueschingen, ein Tag im Jahr 1524

Der erste Lichtschein kämpfte sich durch das kleine, schmale Fenster und tauchte die groben Holzbalken der Decke in fahles Grau. **Donaueschingen**, am Ursprung der Donau gelegen, war ein beschaulicher Ort, dessen Bewohner ihr Leben eng mit dem Fluss verbanden. Die **Donauquelle**, in der Nähe der Fürstenresidenz, wurde seit Jahrhunderten als Beginn dieses mächtigen Stroms verehrt. Hier, in dieser kleinen Gemeinde, lebten Bauern, Handwerker und Müller, die mit dem Wasser arbeiteten, das bald weite Länder durchfließen würde.

Schon in der Antike war die Gegend um Donaueschingen besiedelt, denn die Quelle, aus der das Wasser unaufhörlich strömte, galt als heilig. Kelten verehrten diesen Ort als ein Zentrum ihrer Wasserkulte, und römische Legionäre errichteten hier eine kleine Station, um die strategisch wichtige Verbindung zwischen den römischen Provinzen zu kontrollieren.

Im **Mittelalter** entwickelte sich Donaueschingen zu einem bedeutenden Ort für die Versorgung der umliegenden Ländereien. Die Nähe zu den großen Handelsrouten machte es zu einem **Knotenpunkt für Waren**, insbesondere Getreide, Vieh und Holz. Handwerker siedelten sich an, vor allem **Müller, Schmiede und Wagner**, die vom ständigen Bedarf an Werkzeugen, Wagen und Mühlensteinen lebten. Die Donau diente dabei nicht nur als Wasserquelle, sondern auch als Transportweg.

Die **Fürsten zu Fürstenberg**, deren Stammsitz hier lag, gewannen im 15. Jahrhundert an Bedeutung. Ihr Einfluss reichte weit über die Region hinaus, und Donaueschingen wuchs mit ihrer Macht. Die Residenz der Fürsten, eine der prächtigsten ihrer Zeit, wurde später zum kulturellen Zentrum der Region, doch schon 1524 stand sie als Zeichen des erstarkenden Adels über der Stadt.

Die Landwirtschaft war das wirtschaftliche Rückgrat des Ortes. Bauern bewirtschafteten Felder mit **Gerste, Roggen und Hafer**, hielten Vieh und nutzten das reichlich vorhandene Wasser der Donau für ihre Mühlen. Müller wie **Jakob Seiler**, ein erfahrener Handwerker, lebten von der Kraft des Wassers, das ihre Mühlräder antrieb. Die Qualität des Mehls, das in Donaueschingen gemahlen wurde, war in den umliegenden Märkten bekannt, und regelmäßig kamen Händler, um sich mit frischen Waren einzudecken.

Auch die **Klöster der Umgebung** spielten eine Rolle im Leben der Menschen. Sie stellten nicht nur einen geistlichen Anker dar, sondern waren auch bedeutende wirtschaftliche und kulturelle Zentren. Mönche bewahrten Wissen, kopierten Manuskripte und betrieben Heilkräutergärten, deren Produkte auf den Märkten geschätzt wurden.

Das Leben in Donaueschingen war hart, aber stetig. Die Menschen lebten im Rhythmus der Jahreszeiten und der Strömung der Donau. Sie wussten, dass sie sich auf das Wasser verlassen konnten – es gab ihnen Nahrung, ermöglichte ihnen Handel und trug ihre Geschichten weit in die Welt hinaus.

Hier lebte und arbeitete **Jakob Seiler**, ein einfacher **Müller**, der mit dem Wasser des Flusses arbeitete, das bald Städte, Königreiche und ganze Reiche durchfließen würde.

Das Erwachen und die Morgentoilette

Jakob setzte sich langsam auf und spürte die Kälte des Morgens in seinen Knochen. Sein Haus war klein, nur ein einziger Raum mit einer Feuerstelle, einem Tisch, ein paar Bänken und drei Strohlagern auf dem Boden, die als Betten dienten. Seine Frau **Elisabeth** war bereits wach und hatte das Feuer im Herd entzündet. Die Luft roch nach Rauch und feuchtem Holz, und die ersten warmen Lichtreflexe zitterten an der Wand.

Jakob stand auf, zog seine einfachen Leinenhosen an, wickelte seinen breiten Lederstreifen um die Hüfte und schlüpfte in seine dicken Wollsocken. Seine Füße trafen den kalten Boden, während er sich zu einer hölzernen Schüssel mit Wasser begab, die Elisabeth am Abend zuvor bereitgestellt hatte.

Er spritzte sich das eiskalte Wasser ins Gesicht, wusch sich Hände und Nacken, dann fuhr er mit den Fingern durchs Haar.

Sein Frühstück war einfach, aber nahrhaft:

- **Haferbrei mit etwas Honig**
- **Ein Stück Schwarzbrot vom Vortag**
- **Ein Becher verdünntes Bier**

Wasser trank man kaum, da es oft mit Keimen belastet war. Elisabeth teilte das Brot, reichte ihm eine Schale Brei und nahm selbst einen Löffel. Neben ihnen schliefen die beiden Kinder noch in ihrem Strohlager, fest eingewickelt in grobe Wolldecken.

„Der Müller braucht dich heute früh", sagte Elisabeth leise.

Jakob nickte nur.

Die Arbeit – Der Gang zur Mühle

Nach dem Frühstück zog er seine schweren Lederschuhe an, band sich seinen dicken Wollmantel um die Schultern und verließ das Haus. Die Mühle lag direkt an der Donauquelle, wo das Wasser mit gleichmäßigem Rauschen aus dem Stein floß. Hier wurde Getreide gemahlen, das die Bauern aus der Umgebung brachten.

Der Müller, **Georg Rapp**, war schon bei der Arbeit, als Jakob ankam.

„Bist spät dran", brummte er, während er einen schweren Sack Weizen auf die Schultern wuchtete.

Jakob sagte nichts. Er griff nach dem nächsten Sack und schleppte ihn zur hölzernen Schütte, wo die Körner langsam in den Mahlstein fielen. Der ganze Raum vibrierte von der Bewegung des Mühlrads, das durch das Wasser angetrieben wurde. Staub lag in der Luft, vermischt mit dem Duft von frischem Mehl. Sie arbeiteten schweigend, unterbrochen nur von kurzen Zurufen der Bauern, die neue Säcke brachten.

Das Mittagessen – Eine kurze Rast

Als die Sonne hochstand, setzten sie sich auf die Steinstufen vor der Mühle.

Elisabeth hatte ihm ein einfaches Mahl eingewickelt:

- **Ein Stück Käse**
- **Ein hart gekochtes Ei**
- **Brot**
- **Ein kleiner Krug mit dünnem Apfelmost**

Während er aß, sah er den Fluss hinab. Die Donau war hier noch ein junges, klares Band, das sich durch den Wald schlängelte. Doch bald würde sie breiter, kräftiger – und irgendwann würde sie Städte und Länder durchqueren.

Der Nachmittag – Mühlenarbeit und Holzfällen

Nach der Rast gingen sie zurück an die Arbeit. Jakob half, die frisch gemahlenen Mehlsäcke auf Karren zu laden, bevor er zum Waldstück hinter der Mühle ging, um Holz zu hacken. Er war stark, und das Holzfällen war ihm lieber als das Schleppen der schweren Säcke. Mit kräftigen Schlägen trieb er die Axt ins Holz, während das Echo der Schläge durch die Bäume hallte. Bald hatte er genug für den Abend zusammen. Die Sonne begann bereits, sich hinter die Baumwipfel zu senken.

Der Heimweg und das Abendessen

Zurück im Haus roch es nach gekochtem Gemüse und Rauch.

Elisabeth hatte einen Eintopf angesetzt:

- **Rüben, Zwiebeln und ein paar getrocknete Kräuter**
- **Ein Stück Brot**
- **Ein Becher verdünntes Bier**

Fleisch gab es nur selten, vielleicht einmal in der Woche. Jakob setzte sich an den Tisch, während seine Kinder – **Hans**, sieben Jahre alt, und **Greta**, fünf – sich auf seinen Schoß kletterten.

„Hast du uns was mitgebracht, Vater?" fragte Hans neugierig.

Jakob lachte und zog ein kleines Holzstück aus seiner Tasche.

„Ein Stück Holz von der Fassung des Mühlstein. Vielleicht bringt es euch Glück."

Hans drehte es begeistert in den Händen.

Der Abend – Ruhe nach der Arbeit

Nach dem Essen saßen sie noch eine Weile zusammen. Elisabeth spann Wolle, während Jakob das Messer schärfte. Die Kinder dösten neben dem Feuer, und draußen hörte man das leise Plätschern der Quelle.

Als die Kerze langsam niederbrannte, deckten sie die Kinder zu und krochen selbst in ihre Strohlager.

Morgen würde wieder ein harter Tag werden.

Aber heute war geschafft.

Und die Donau floss weiter.

Denn so war das Leben eines **Müllers in Donaueschingen – einfach, mühsam, aber stetig wie der Fluss selbst.**

Ulm (Deutschland)Hans Kistler-Schiffbauer

Ulm, ein Morgen im Jahr 1524

Die ersten Sonnenstrahlen glitten über die Dächer von **Ulm,** während die Donau unter der hölzernen Stadtbrücke in ruhigem Blau floss. Im Schatten des gewaltigen **Ulmer Münsters,** dessen Turm weit über die Stadt hinausragte, begann das geschäftige Treiben. Händler entluden ihre Karren, Bäcker schoben das erste Brot aus den Öfen, und vom Flussufer hallte bereits das rhythmische Hämmern der Schachtelbauer.

Die Stadt war ein bedeutendes **Handelszentrum im Schwäbischen Reichskreis.** Als **freie Reichsstadt** besaß Ulm große wirtschaftliche und politische Autonomie. Die Donau verband die Stadt mit den Märkten in Bayern, Österreich und Ungarn, und **Ulmer Kaufleute** transportierten ihre Waren flussabwärts in den für die Stadt typischen **Ulmer Schachteln** – robusten, flachen Schiffen, die für die langen Reisen auf dem Fluss gebaut wurden.

Seit dem Mittelalter war Ulm ein Zentrum des **Tuchhandels und der Weberei.** Die hier gefertigten Stoffe waren in ganz Europa begehrt, und viele reiche Kaufmannsfamilien verdankten ihren Wohlstand diesem Gewerbe. Neben der Tuchindustrie florierte auch das **Gerberhandwerk**, die **Färberei** und das **Buchbindergewerbe**. Die enge Verbindung zwischen Handel und Handwerk machte Ulm zu einer der wohlhabendsten Städte im süddeutschen Raum.

Die Stadtverwaltung wurde durch den **Rat der Stadt** geführt, der von den wohlhabenden Bürgern und Kaufleuten dominiert wurde. Die Ulmer Bürger legten großen Wert auf ihre Unabhängigkeit von den Fürsten des Reiches und verteidigten ihre Privilegien mit Nachdruck. Die Stadt hatte ihre eigene Münzprägung und konnte eigene Gesetze erlassen, was Ulm zu einem wirtschaftlich und politisch starken Zentrum machte.

Das **Ulmer Münster**, das heute die höchste Kirche der Welt beherbergt, war bereits im Bau, doch sein gewaltiger Turm war noch nicht vollendet. Die Baustelle war ein Symbol für die Beständigkeit und den Ehrgeiz der Stadtbewohner, deren Glaube und Wohlstand sich in ihrer Architektur widerspiegelte.

Auch die **Wissenschaft und Bildung** spielten in Ulm eine bedeutende Rolle. Die Stadt beherbergte Gelehrte, Handwerksmeister und Künstler, die in Zünften organisiert waren und ihr Wissen weitergaben. Die Buchdruckerkunst hatte auch hier Einzug gehalten, und viele humanistische Schriften fanden über Ulm ihren Weg in die Welt.

Die Donau war nicht nur eine Handelsroute, sondern auch eine Quelle der Inspiration für viele Geschichten und Legenden. Reisende, die in Ulm Halt machten, erzählten von fernen Ländern, von den Märkten in Wien, von den engen Gassen Budapests und den wilden Strömungen der unteren Donau.

Einer der Männer, die sich der Kunst des Bootbaus widmeten, war **Hans Kistler**, ein erfahrener Schachtelbauer. Heute sollte ein neues Schiff fertiggestellt und noch vor Sonnenuntergang zu Wasser gelassen werden.

Das Erwachen und die Morgentoilette

Hans erwachte mit dem ersten Hahnenschrei. Sein Haus lag direkt an der Werkstatt, nicht weit vom Fluss entfernt. Er rieb sich den Schlaf aus den Augen, streckte sich und zog seine schwere Wollhose und das grobe Leinenhemd über. Seine Frau **Agnes** war bereits wach und hatte eine Schüssel Wasser auf den Tisch gestellt, damit er sich waschen konnte.

Er spritzte sich das kühle Wasser ins Gesicht, rieb sich mit einem Stofftuch über Arme und Nacken und fuhr mit den Fingern durch sein dunkles Haar. Hygiene war einfach: Wasser, ein wenig Asche und ein kräftiges Reiben – so hatte er es von seinem Vater gelernt.

Das Frühstück war schlicht, aber kräftigend:

- **Gerstenbrei mit Honig**
- **Ein Stück Roggenbrot**

- **Ein Becher Dünnbier**

„Heute setzt du die neue Schachtel ins Wasser?" fragte Agnes, während sie einen Laib Brot für den Tag schnitt.

Hans nickte, während er einen Löffel Brei in den Mund schob. „Wenn der Herrgott will, schwimmt sie heute Abend auf der Donau."

Dann zog er sich seine dicke Lederweste über, schnallte den Breitgürtel mit seinen Werkzeugen fest und verließ das Haus.

Die Werkstatt am Fluss

Am Donauufer, inmitten von aufgeschichteten Holzstämmen und Spänen, standen die Schiffsbauer bereits bei der Arbeit. Die Luft war erfüllt vom Geruch nach frischem Holz, Pech und Teer, während schwere Äxte auf die Eichenbohlen niederfuhren.

Hans trat in die Werkstatt, in der das halb fertige Schiff bereits auf stabilen Böcken lag. Es war eine typische **Ulmer Schachtel** – flach, breit, mit spitzen Enden und stabilen Seitenwänden, perfekt für die langen Reisen flussabwärts.

Sein Lehrling **Jörg**, ein sechzehnjähriger Junge mit rußverschmierten Händen, kam eilig herbei.

„Meister Hans! Ich habe die Planken für den Rumpf fertig gehobelt."

Hans klopfte ihm auf die Schulter. „Gut gemacht, Junge. Dann setzen wir die letzten Bretter ein."

Mit geübter Hand griff er nach den Holzdübeln, mit denen die Planken befestigt wurden. Jörg reichte ihm den großen Holzhammer, und mit kräftigen Schlägen trieb Hans die Dübel ins Holz. Die Arbeit war schweißtreibend, aber Hans liebte sie.

Das Mittagessen – Eine Rast am Fluss

Als die Sonne ihren höchsten Punkt erreicht hatte, legten die Männer die Werkzeuge nieder. Es war Zeit für das Mittagsmahl. Sie setzten sich auf eine umgestürzte Holzbohle, die als Tisch diente, und packten ihre Brotbeutel aus.

Hans hatte mitgebracht:

- **Ein Stück Käse**
- **Ein hart gekochtes Ei**
- **Knuspriges Roggenbrot**
- **Ein Becher Most**

Ein älterer Schachtelbauer zog eine Flasche Most aus seiner Tasche und ließ sie herumgehen. „Hoffen wir, dass die Donau heute gnädig ist", murmelte er und nahm einen kräftigen Schluck.

Hans nickte und ließ seinen Blick über das Wasser schweifen. Die Donau war ruhig heute. Ein gutes Zeichen.

Der Nachmittag – Die letzte Prüfung

Nach der Pause kehrten sie zur Arbeit zurück. Das Schiff war fast fertig. Hans nahm den dicken Pinsel mit Pech und strich sorgfältig die Fugen aus, um das

Holz wasserdicht zu versiegeln. Jörg befestigte die letzten Ruderdollen, während die anderen Männer das Schiff langsam auf hölzerne Rollen hievten, um es ins Wasser zu lassen.

Die Spannung stieg. Würde die Schachtel schwimmen – oder würde sie Wasser ziehen?

Die Taufe der Schachtel

Am späten Nachmittag versammelten sich einige Kaufleute, Flussschiffer und Schaulustige am Ufer. Der erste Kunde, ein Händler, der mit Getreide handelte, wollte das Boot noch heute beladen.

Hans stand am Bug, eine Tonschale mit Donauwasser in der Hand. „Möge dich die Donau tragen", murmelte er, während er das Wasser über den Rumpf goss. Dann gab er das Zeichen. Die Männer ließen die Schachtel langsam ins Wasser gleiten.

Platsch!

Sie schwamm.

Ein erleichtertes Lächeln zog über Hans' Gesicht. Der Kaufmann trat vor, klopfte zufrieden auf das Holz und drückte Hans einen Beutel mit Silbermünzen in die Hand.

„Gute Arbeit, Schachtelbauer. Mögen deine Boote viele Reisen überstehen."

Der Abend – Ein verdienter Feierabend

Als die Arbeit getan war, zog es die Männer zur **Taverne am Markt**. Die Schenke war voll, der Raum erfüllt von Lachen, dem Klirren von Krügen und dem Duft von gebratenem Fleisch.

Hans bestellte sich:

- **Eine Schüssel Grütze mit Speck**
- **Ein großes Bier**

Jörg bekam:

- **Ein Stück gebackenen Fisch mit Brot**

„Heute hast du deine erste Schachtel gebaut", sagte Hans und hob seinen Krug. „Auf viele weitere."

Jörg grinste stolz und stieß mit ihm an.

Die Nacht – Ruhe nach einem langen Tag

Als die Glocken des Münsters zur Nachtstunde schlugen, machte Hans sich auf den Heimweg. Die Straßen waren stiller geworden, nur vereinzelt hörte man das Wiehern von Pferden oder das Klappern eines Karrens. Sein Haus lag im Halbdunkel, nur ein Lichtschein fiel aus dem kleinen Fenster.

Drinnen war es warm. Agnes saß am Tisch, eine Spindel in der Hand. Hans setzte sich neben sie, nahm ein letztes Stück Brot und lehnte sich zurück.

Draußen rauschte die Donau.

Morgen würde ein neues Boot gebaut werden.

Denn so war das Leben eines **Schachtelbauers in Ulm – geprägt von Holz, Wasser und der ewigen Reise des Flusses.**

Ingolstadt (Deutschland)Johann Altdorfer-Gelehrter

Ingolstadt, ein Morgen im Jahr 1524

Die ersten Sonnenstrahlen tauchten die Mauern der **Ingolstädter Stadtbefestigung** in goldenes Licht. Ingolstadt, eine der bedeutendsten Städte Bayerns, lag strategisch an der Donau und war eine blühende Handelsstadt mit engen Gassen, geschäftigen Märkten und einer renommierten Universität. Unter den wachsamen Augen der Bürgerwehr begann der Tag, während Händler ihre Stände errichteten, Knechte Karren über das Pflaster schoben und in den Küchen der Bürgerhäuser die ersten Feuer entfacht wurden.

Seit dem 14. Jahrhundert war Ingolstadt eine wichtige **Residenzstadt** der Herzöge von Bayern. Hier wurde 1472 die **Erste Bayerische Landesuniversität** gegründet – die Hohe Schule zu Ingolstadt –, die bald zu einem der bedeutendsten Bildungszentren des Heiligen Römischen Reiches wurde. Besonders die Fakultät für **Theologie und Medizin** war hoch angesehen, und Gelehrte aus dem ganzen Reich kamen hierher, um ihr Wissen zu vertiefen.

Die Stadt war auch eine Hochburg des **Salzhandels** und des **Tuchgewerbes**. Die Ingolstädter Kaufleute unterhielten enge Verbindungen nach Regensburg, Nürnberg und Augsburg. Der **Donauhafen** war Dreh- und Angelpunkt des Handels, von dem nicht nur Kaufleute, sondern auch die städtische Oberschicht profitierte.

Militärisch war Ingolstadt eine bedeutende Festung, gesichert durch mächtige Mauern und Wehrtürme. Während der kriegerischen Auseinandersetzungen des Mittelalters war die Stadt ein wichtiger strategischer Punkt, der die Durchreise entlang der Donau kontrollierte. In den Straßen fanden sich nicht nur Gelehrte und Kaufleute, sondern auch Söldner, die hier eine neue Anstellung suchten oder auf den nächsten Krieg warteten.

Hier lebte und arbeitete **Johann Altdorfer**, ein junger Gelehrter, der sich seinen Ruf mit medizinischen Experimenten und der Erforschung alter Schriften erarbeitet hatte. Doch heute würde er etwas völlig Neues wagen. Denn heute sollte er, zum ersten Mal in seinem Leben, eine **Leichenöffnung** vornehmen.

Das Erwachen und die Morgentoilette

Johann erwachte in seiner engen Kammer über der **Apotheke**, in der er lebte und arbeitete. Sein Bett bestand aus einem schmalen Holzgestell mit einer dünnen Strohlage, und neben ihm lag ein aufgeschlagenes Buch von **Galenus**, das er bis in die Nacht studiert hatte.

Er setzte sich auf und rieb sich den Schlaf aus den Augen. In der Ecke stand eine Schüssel mit kaltem Wasser, das sein Lehrling am Abend zuvor geholt hatte. Johann spritzte sich das Wasser ins Gesicht, fuhr sich mit den Fingern durchs dunkle Haar und wischte sich mit einem rauen Leinentuch ab. Hygiene war simpel: ein wenig Wasser, manchmal Seife aus Asche und Fett. Die Zähne putzte man mit einem in Salz oder Asche getauchten Tuch.

Das Frühstück war schlicht, aber nahrhaft:

- **Eine Schale Grütze mit getrockneten Äpfeln**
- **Ein Stück Roggenbrot**
- **Ein Becher schwacher Wein**

Wasser trank man selten, da es oft mit Keimen belastet war. Der Wein war sicherer – und hielt die Lebensgeister wach.

Ein Klopfen an der Tür unterbrach seine Gedanken. **Martin**, sein Lehrling, steckte den Kopf herein.

„Herr Altdorfer, der Professor erwartet Euch im Hörsaal."

Johann nickte. „Dann wollen wir den Tod studieren."

Der Vormittag – Die erste Leichenöffnung

In den steinernen Hallen der **Universität** war es kühl. Die Wände waren mit Holzvertäfelungen geschmückt, und an langen, hölzernen Tischen saßen die

Studenten, ihre Gänsekiele bereit, um jedes Wort ihres Lehrers niederzuschreiben.

In der Mitte des Raumes stand ein großer Tisch, bedeckt mit einem Leinentuch. **Darunter lag der Körper eines hingerichteten Verbrechers** – denn nur an den Toten, die der Stadt gehörten, durfte geforscht werden.

Professor **Konrad von Lichtenfels**, ein alter Mediziner mit scharfem Blick, schlug sein Buch auf und wandte sich an Johann.

„Ihr habt Euch bewährt, Herr Altdorfer. Heute ist es an Euch, den Schnitt zu setzen."

Johann schluckte. Er hatte unzählige Zeichnungen studiert, Theorien gelesen – aber nie selbst eine menschliche Brust geöffnet.

Mit zitternden Fingern nahm er das scharfe Skalpell. Seine Hand verharrte über dem kalten Fleisch. Dann, mit einem tiefen Atemzug, setzte er den ersten Schnitt.

Der Raum hielt den Atem an.

Mittagspause – Die Stadt lebt weiter

Nach der Vorlesung verließen die Studenten das Gebäude. Draußen war die Stadt voller Leben. Händler boten frische Forellen aus der Donau, ein Bäcker pries sein neues Fladenbrot mit Kümmel an, und am Brunnen erzählten sich zwei Mägde Geschichten über die letzten Gerichtsverhandlungen.

Johann setzte sich auf eine Bank und öffnete seinen Beutel mit Essen:

- **Ein Stück Käse**
- **Brot**
- **Eine Birne**

Martin, sein Lehrling, setzte sich neben ihn.

„Ihr habt gezögert", sagte er leise.

Johann nickte. „Theorie ist leicht. Aber wenn man den Körper eines echten Menschen öffnet..."

Martin zog eine Augenbraue hoch. „Dann sieht man, dass das Leben nicht in Büchern liegt, sondern in dem, was wir begreifen können."

Johann schmunzelte. Vielleicht hatte der Junge recht.

Der Nachmittag – Die Welt der Alchemie

Nach dem Essen kehrte Johann zurück in die **Apotheke**, die von einem alten Gelehrten namens **Meister Ruprecht** geführt wurde. In dunklen Holzregalen standen Fläschchen mit Tinkturen, Gläser mit getrockneten Kräutern und Pulver, von denen manche mehr versprachen, als sie hielten.

„Da seid Ihr ja, Altdorfer", brummte Ruprecht, während er eine dunkle Paste aus getrockneter Schafgarbe rührte. „Heute wollen wir sehen, ob Eure Hände mehr können als schnitzen."

Johann grinste und griff nach dem Mörser. Zusammen mischten sie eine neue **Salbe gegen Wund-**

brand, testeten die Öle aus der Destille und verglichen alte Rezepturen aus einem lateinischen Manuskript. Wissenschaft war nicht nur Bücher – sie war Geruch, Berührung, Versuch und Irrtum.

Der Abend – Erkenntnisse und Bier

Als die Sonne langsam hinter der Donau versank, zog es die Studenten in die **Schänke nahe dem Stadtplatz**. In der engen, verrauchten Gaststube saßen Mediziner, Juristen und Theologen an schweren Holztischen und diskutierten über das, was sie an der Universität gehört hatten.

Johann bestellte sich:

- **Eine Schüssel Bohneneintopf mit Speck**
- **Ein großes Bier**

Ein Theologe warf eine Frage in die Runde: „Darf der Mensch Gott ins Handwerk pfuschen und in seinen Körper schneiden?"

Eine hitzige Diskussion begann. Johann hielt sich zurück und trank einen Schluck. Er dachte an den Körper auf dem Tisch. War das Gottes-Werk? Oder war es das, was der Mensch verstehen sollte?

Die Nacht – Die Donau fließt weiter

Als er die Schänke verließ, war die Stadt stiller geworden. Das Pflaster glänzte vom Tau, und in der Ferne hörte er das leise Rauschen der Donau.

Er blieb stehen und blickte auf das Wasser. **Die Donau würde fließen, ob er nun verstand, wie der Körper funktionierte, oder nicht.**

Doch vielleicht war es genau das, was Wissenschaft bedeutete: Den Mut, zu fragen – und die Demut, nicht alles zu wissen.

Mit diesem Gedanken machte er sich auf den Heimweg. **Denn so war das Leben eines Gelehrten in Ingolstadt – zwischen Wissen, Glauben und der unaufhörlichen Suche nach Wahrheit.**

Regensburg (Deutschland)Konrad Moser-Gerber

Regensburg, ein Tag im Jahr 1524

Die Morgensonne kroch langsam über die Türme von **St. Peter**, während der Nebel sich schwer auf der Donau hielt. Die **Steinerne Brücke**, die seit fast 400 Jahren das Ufer verband, ragte fest und stolz über das träge Wasser. Die Stadt erwachte langsam. Hufschläge klapperten über das Pflaster, Frauen schleppten Wassereimer von den Brunnen, und in den engen Gassen, wo die Häuser sich dicht aneinanderdrängten, zogen bereits die ersten Brotdüfte aus den Backstuben.

Regensburg war eine der wohlhabendsten Städte des **Heiligen Römischen Reiches**. Als **freie Reichsstadt** war sie ein bedeutendes **Handelszentrum**, in dem Kaufleute aus **Italien, Böhmen und Ungarn** ihre Waren feilboten. Die Stadt lag an einer der wichtigsten Handelsrouten Europas und beherbergte eine blühende Handwerkerschaft. Besonders berühmt waren die **Gerber**, deren Werkstätten entlang der Donau lagen, wo das Wasser zur Lederverarbeitung genutzt wurde.

Die Stadt war auch ein geistiges und politisches Zentrum. Der **Reichstag**, die Versammlung der Reichsfürsten und Städte, wurde hier regelmäßig abgehalten, was Regensburg zu einem politischen Brennpunkt machte. Die enge Verbindung zwischen weltlicher und geistlicher Macht zeigte sich in den **Kirchen, Klöstern und Handelsgilden**, die das Stadtbild prägten.

Die **Steinerne Brücke**, ein Meisterwerk der mittelalterlichen Baukunst, verband Regensburg mit dem Nordufer der Donau und war ein entscheidender Knotenpunkt für den Handel. Über sie zogen Karawanen mit Gewürzen aus dem Orient, Wein aus Italien und Fellen aus den nordischen Ländern.

Regensburg war auch bekannt für seine **Schiffbauer und Flusshändler**, die die Donau nutzten, um Waren bis nach Wien, Budapest und sogar ins Osmanische Reich zu transportieren. Der Fluss war nicht nur eine Handelsstraße, sondern auch eine Lebensader für die Stadt.

Neben Kaufleuten und Handwerkern spielten auch die **Gelehrten und Geistlichen** eine große Rolle. Die **Domschule von Regensburg** galt als eine der besten des Reiches, und viele junge Männer kamen hierher, um unter den besten Lehrern der Zeit zu studieren. Das **Benediktinerkloster St. Emmeram**, eines der ältesten Klöster Deutschlands, war ein Zentrum des Wissens und der Kunst.

Hier lebte und arbeitete **Konrad Moser**, ein erfahrener **Gerber**, dessen Leben vom Wasser, dem Leder und dem ewigen Fluss der Donau geprägt war.

Das Erwachen und die Morgentoilette

Konrad erwachte in seinem kleinen Haus nahe der Donau. Der Gestank von gegerbten Fellen hing noch an seinen Händen, trotz des kalten Wassers, mit dem er sich gestern Abend gewaschen hatte. Seine Frau, **Margarete**, war bereits wach und hatte das Feuer im Herd entfacht.

Neben der Feuerstelle stand eine hölzerne Schüssel mit Wasser, in der er sich Gesicht und Hände wusch. Ein Stück grobe Seife aus Rindertalg und Asche lag daneben – ein kleiner Luxus, den sich nur Handwerker leisten konnten. Nachdem er sich mit einem Leinentuch abgetrocknet hatte, zog er seine dicke Wollhose, ein einfaches Hemd und seinen ledernen Schurz über, der ihn vor der Gerberbrühe schützen sollte.

Das Frühstück war schlicht, aber kräftigend:

- **Eine Schüssel Hirsebrei mit Honig und Zimt**
- **Ein Stück Schwarzbrot**
- **Ein Becher Dünnbier**

„Heute muss das Hirschleder fertig werden", sagte Konrad zwischen zwei Bissen.

„Und morgen dann die neuen Kuhhäute?" fragte Margarete, während sie einen Brotteig knetete.

„Wenn ich heute fertig werde, ja. Aber erst muss ich sehen, wie die Fässer mit der Eichenrinde durchgezogen sind."

Der Weg zur Gerberei

Draußen war die Luft frisch, doch in den Gassen der Handwerker begann sich bereits der Geruch von Feuerholz, Schmiedewerk und Vieh zu vermischen. Konrad bahnte sich seinen Weg durch die engen Straßen, vorbei an einer Bäckerstube, aus der der Duft von frischen Broten strömte.

Vor einem Brunnen standen zwei Frauen und wuschen Wäsche, während ein Bauer mit seinem Ochsenkarren Richtung Markt fuhr.

Seine **Gerberei** lag direkt an der Donau, wo das Wasser genutzt wurde, um die Felle zu reinigen. Der Dreck und die Abfälle aus der Lederverarbeitung gaben dem Viertel einen scharfen, beißenden Geruch, der den meisten unangenehm war – aber für Konrad war es Alltag.

Der Vormittag – Das Handwerk der Gerber

Konrad überprüfte als Erstes die Fässer mit **Eichenlohe**, in denen Hirschfelle seit Wochen lagen. Die Gerbsäure hatte ihre Arbeit getan, das Fell war weich, doch es musste noch mehrfach bearbeitet werden.

Er nahm ein scharfes Schabeisen und begann, die letzte Fettschicht von einem Kuhfell zu entfernen. Sein

Geselle, **Ulrich**, war bereits bei der Arbeit, indem er mit einer hölzernen Walkrolle das Leder weichklopfte.

„Das Hirschleder ist fast fertig", sagte Ulrich und deutete auf die gespannten Felle, die am hölzernen Gerüst trockneten. „Wenn wir sie heute noch streichen, können wir sie morgen ausliefern."

Konrad nickte und griff nach einer bürstigen Schweineborste, um das Leder mit einer Mischung aus Tierfett und Leinöl zu bearbeiten. Das hielt es geschmeidig und machte es haltbarer.

Mittagspause – Eine Rast mit den Handwerkern

Zur Mittagszeit setzte sich Konrad mit Ulrich auf eine Holzbank hinter der Werkstatt. Margarete hatte ihm ein Bündel mit Essen eingepackt:

- **Ein Stück Brot**
- **Ein Stück Käse**
- **Ein Apfel**

Von der Donau her kamen die Rufe der Schiffer, die ihre Last überprüften. Weiter oben im Viertel der Handwerker sah er, wie die Schmieden glühten, während die Glockengießer eine neue Form vorbereiteten.

„Hast du gehört?" sagte Ulrich zwischen zwei Bissen Brot. „Der Kürschner Hans hat Probleme mit den Zöllnern – seine Ware aus Prag wurde am Stadttor festgesetzt."

Konrad schüttelte den Kopf. „Wenn man nicht die richtigen Leute kennt, hat man schnell Probleme."

Der Nachmittag – Die letzten Arbeiten

Nach der Pause gingen sie zurück ans Werk. Jetzt mussten die fertigen Lederstücke zugeschnitten werden. Konrad nahm ein großes Schneidmesser und schnitt das dicke Hirschleder in Streifen, die später zu Gürteln und Riemen verarbeitet wurden.

Ein Junge, der als Laufbursche für die Stadt arbeitete, brachte eine Nachricht von einem Schuhmacher, der dringend weiches Kalbsleder brauchte. Konrad versprach, am nächsten Tag eine Rolle zu liefern.

Während die Sonne tiefer sank, hingen die letzten bearbeiteten Häute zum Trocknen. Der Tag war geschafft.

Der Abend – Die Tavernen von Regensburg

Nach der Arbeit zog es die Männer in die **Schenke am Haidplatz**. Die Taverne **„Zum Goldenen Lamm"** war ein beliebter Treffpunkt für Handwerker.

Konrad bestellte sich:

- **Eine Schüssel Grütze mit Speck**
- **Ein dunkles Bier**

Um ihn herum summten die Gespräche: ein Zimmermann pries die Bauweise eines neuen Hauses, während ein Wagner sich über die Qualität des Holzes beklagte.

„Hast du gehört? In Wien soll ein neuer Bischof eingesetzt werden", murmelte ein älterer Mann.

„Wenn sie sich nur um die Kirchen kümmern und uns Handwerker in Ruhe lassen, ist mir das recht", brummte Konrad und nahm einen Schluck aus seinem Krug.

Die Nacht – Stille über der Stadt

Als die Glocken des Regensburger Doms die achte Stunde schlugen, war es Zeit für den Heimweg. Die Straßen waren nun stiller, nur vereinzelt hörte man das Wiehern von Pferden und das Murmeln der Nachtwächter.

Konrad betrat sein Haus, wo Margarete und die Kinder sich bereits schlafen gelegt hatten. Er zog seine Stiefel aus, legte sich auf das einfache Strohlager und atmete tief durch.

Morgen würde ein neuer Tag beginnen – mit neuen Fellen, neuen Bestellungen und neuen Verhandlungen.

Denn so war das Leben eines Gerbers in Regensburg – zwischen Wasser, Leder und dem ewigen Fluss der Donau.

Passau (Deutschland)Matthias Lutz-Salzhändler

Passau, ein Tag im Jahr 1524

Der Morgen dümpelte langsam über der Stadt, als der erste Sonnenstrahl auf das Wasser der Donau traf und sich mit den Strömungen von **Inn** und **Ilz** vermischte. **Passau**, die Stadt der drei Flüsse, erwachte aus ihrem Schlaf.

Das geschäftige Treiben begann mit dem ersten Glockenschlag aus dem **Dom St. Stephan**. Kaufleute bereiteten ihre Stände vor, Fischer kehrten mit ihrem morgendlichen Fang zurück, und aus den Backstuben wehte der warme Duft von frischem Brot durch die engen Gassen.

Passau war ein bedeutendes **Handelszentrum**, besonders für den **Salzhandel**, der die Stadt über Jahrhunderte hinweg reich machte. Die strategische Lage an den drei Flüssen machte sie zu einem der wichtigsten Umschlagplätze für Waren, die flussauf- und flussabwärts transportiert wurden. Schon die Römer hatten an dieser Stelle ein Kastell errichtet, um die Grenzen ihres Reiches zu schützen, und der Flusshandel hatte sich seitdem stetig weiterentwickelt.

Im **Mittelalter** war Passau Teil des **Hochstifts Passau**, eines geistlichen Fürstentums, das von den Fürstbischöfen regiert wurde. Diese hatten nicht nur kirchliche, sondern auch weltliche Macht, was die Stadt zu einem bedeutenden politischen Zentrum machte. Der **Dom St. Stephan**, mit seinen gewaltigen Türmen und seiner kunstvollen Ausstattung, zeugte vom Reichtum des Bistums, das eine der größten Diözesen des Heiligen Römischen Reiches verwaltete.

Der **Salzhandel**, oft als "weißes Gold" bezeichnet, war das wirtschaftliche Rückgrat der Stadt. Die großen Salzlager in Passau dienten als Umschlagplätze für das Salz aus **Reichenhall**, **Hallein** und **Hallstatt**, das von hier aus weiter nach Böhmen, Österreich und Ungarn transportiert wurde. Die Stadt kontrollierte die Salzpreise und erhob Zölle, die beträchtliche Einnahmen in die Kassen der bischöflichen Herrscher spülten.

Passau war zudem für seine **Schiffsbaukunst** bekannt. Die **Zillen**, schmale und wendige Lastkähne, die für den Transport von Salz und anderen Gütern genutzt wurden, wurden hier in spezialisierten Werkstätten gefertigt. Schiffer und Händler kamen aus der gesamten Region, um ihre Waren zu laden oder neue Boote zu erwerben.

Auch das **Handwerk** florierte. Die Stadt war berühmt für ihre **Messerschmiede**, deren Klingen in vielen Teilen Europas gefragt waren. Die **Tuchmacher** und **Färber** belieferten nicht nur den regionalen Markt, sondern exportierten ihre Stoffe auch in ferne Länder.

Doch neben Handel und Handwerk spielte auch die **Bildung** eine wichtige Rolle. Die Klöster in und um Passau bewahrten und vervielfältigten kostbare Schriften, und viele Gelehrte fanden in der Stadt eine intellektuelle Heimat. Das **Benediktinerkloster Niedernburg** war eines der wichtigsten Zentren der Gelehrsamkeit in Süddeutschland.

Die enge Verbindung zwischen Geistlichkeit und Wirtschaft prägte das Leben in der Stadt. Während die Fürstbischöfe die weltlichen Geschäfte kontrollierten, sorgten sie zugleich für den Erhalt der Kirchen, Klöster und Schulen. Ihr Einfluss zeigte sich auch in der Architektur: Die prächtigen Patrizierhäuser, die sich entlang der Donau reihten, spiegelten den Wohlstand der Kaufleute wider, die in der Stadt ansässig waren.

Hier lebte und arbeitete **Matthias Lutz**, ein erfahrener **Salzhändler**, dessen Leben von Fässern, Märkten und dem ewigen Fluss der Donau geprägt war.

Das Erwachen und die Morgentoilette

Matthias rieb sich den Schlaf aus den Augen und lauschte den geschäftigen Rufen von der Straße. Sein Haus lag in der Nähe des Hafens, wo sich die Schiffe stauten, die Salz aus den Südalpen brachten.

Er setzte sich auf und schob die grobe Wolldecke zur Seite. Neben seinem Bett stand eine hölzerne Waschschüssel mit frischem Wasser, das sein Lehrjunge am Abend zuvor geholt hatte. Schnell tauchte er die Hände hinein, rieb sich das Gesicht und spürte die Kälte, die ihn vollends erwachen ließ.

Das Frühstück war schlicht, aber kräftigend:

- **Eine Schüssel Gerstenbrei mit Honig**
- **Ein Stück Schwarzbrot**
- **Ein Becher verdünntes Bier**

Seine Frau **Anna** stellte das Essen auf den Tisch und berichtete von den Neuigkeiten der Stadt.

„Die Schiffer aus Wien haben gestern Abend neue Ware gebracht. Es soll eine Lieferung feinen ungarischen Weins darunter sein."

Matthias nickte. „Ich hoffe, dass unser Salz rechtzeitig für den Transport bereit ist. Der Markt wird heute voller Kaufleute sein."

Der Weg zum Salzmarkt

Draußen in den Gassen mischte sich der Duft von frischem Brot mit dem rauchigen Geruch der Schmieden. Männer schoben Karren, beladen mit Säcken und Fässern, während Mönche mit gesenkten Köpfen durch die Gassen eilten.

Matthias schritt über das Pflaster, sein langer Wollmantel schützte ihn gegen die Morgenkälte. Am Hafen wurden bereits die ersten Salzfässer von den

Schiffen entladen. Die Donau glitzerte im Licht der aufgehenden Sonne, während ein paar Möwen über dem Wasser kreisten.

Am **Salzmarkt**, der sich nahe der Donau erstreckte, standen bereits die Händler. Matthias musterte die Ware: grobes **Alpensalz aus Reichenhall**, feines ungarisches Salz aus den Minen **Siebenbürgens** und dunkles **Steinsalz aus Berchtesgaden**. Salz war das weiße Gold, und Matthias wusste, dass heute ein guter Handelstag werden konnte.

„Herr Lutz!" rief ein bärtiger Mann mit kräftigen Schultern. **Johann Wimmer**, ein befreundeter Händler, winkte ihn heran. „Ihr habt doch sicher noch ein paar Fässer für mich? Die Kaufleute aus Prag zahlen gut."

Matthias grinste. „Vielleicht. Aber erst sehen wir, was ihr mir bieten könnt."

Der Vormittag – Ein geschäftiger Handel

Der Salzmarkt war voller Stimmengewirr. Kaufleute priesen ihre Ware an, Frauen feilschten um Gewürze, und ein fahrender Händler bot getrocknete Feigen an.

Matthias und Johann verhandelten hart. Salz war eine der wertvollsten Waren der Zeit, und der Preis schwankte täglich. Nach langem Hin und Her klopften sie sich schließlich auf die Schultern und besiegelten das Geschäft mit einem Handschlag.

„Zwei Fässer feines Alpensalz für euren Transport nach Prag," sagte Matthias zufrieden. „Lieferung heute Nachmittag am Hafen."

Mittagspause – Eine Rast mit Kollegen

Zur Mittagszeit zog es Matthias und Johann zur **Taverne Zum Weißen Schiff**, wo viele Händler ihre Mahlzeiten einnahmen.

Er bestellte sich:

- **Eine Schüssel Gerstensuppe mit Räucherspeck**
- **Ein Stück Brot mit Käse**
- **Ein Becher Wein aus der Wachau**

Während sie aßen, tauschten sie Neuigkeiten aus.

„Die Schiffsfracht aus Wien bringt wohl nicht nur Wein, sondern auch neue Bücher für die Klosterbibliothek," erzählte Johann.

Matthias schmunzelte. „Dann wird der Bischof heute Abend sicher zufrieden sein. Und ich hoffe, dass die Kaufleute mir ebenfalls gute Ware bringen."

Der Nachmittag – Die letzten Fässer

Nach der Pause ging es zurück zum Hafen. Matthias begleitete seine Männer, als sie die schweren Salzfässer auf einen Karren luden.

„Vorsichtig!" rief er. „Das Salz soll heil in Prag ankommen!"

Die Luft war erfüllt vom Ruf der Matrosen, die ihre Schiffe vorbereiteten. Ein Kapitän aus Nürnberg besprach mit seinem Steuermann die bevorstehende Fahrt nach Linz, während ein alter Fischer ein Netz flickte.

Kurz vor Sonnenuntergang waren die letzten Lieferungen erledigt. Matthias wischte sich den Schweiß von der Stirn und war zufrieden. Ein guter Handelstag ging zu Ende.

Der Abend – Ein Treffen in der Schenke

Am Abend versammelten sich die Händler in der **Schenke Zum Roten Widder**. Matthias bestellte sich:

- **Ein deftiges Ragout mit Kraut**
- **Ein dunkles Bier**

Die Gespräche drehten sich um die neue Marktordnung, die der Bischof erlassen hatte, und um die steigenden Zollgebühren.

Ein Kaufmann aus **Augsburg** erzählte von einem großen Markt in Wien, während ein junger Matrose schwor, dass er auf seiner letzten Fahrt bis nach **Konstantinopel** gesegelt war.

Die Nacht – Stille in der Stadt

Als die Glocken die neunte Stunde schlugen, wurde die Stadt ruhiger. Matthias verabschiedete sich, ging durch die dunklen Gassen und lauschte dem entfernten Rauschen der Donau.

Morgen würde wieder ein Handelstag beginnen.

Denn so war das Leben eines Salzhändlers in Passau – zwischen Ware, Wasser und dem ewigen Fluss der Donau.

Linz (Österreich)Elisabeth von Perg-Adelige

Linz, ein Tag im Jahr 1524

Die ersten Sonnenstrahlen tauchten die Mauern der Linzer Burg in goldenes Licht. Von der Anhöhe aus überblickte **Elisabeth von Perg** die Stadt, die sich entlang der Donau erstreckte – eine Stadt der Kaufleute, Handwerker und Adligen. Unter den Zinnen der Burg begann der Tag, während unten auf den Straßen die Händler ihre Stände errichteten, Knechte Karren über das Pflaster schoben und in den Küchen der Bürgerhäuser die ersten Feuer entfacht wurden.

Linz war zu dieser Zeit ein bedeutendes Handels- und Verwaltungszentrum im Heiligen Römischen Reich. Als eine der wichtigsten Städte im Herzogtum Österreich war sie nicht nur ein Verkehrsknotenpunkt, sondern auch Sitz von Adelsfamilien und Beamten, die über die Ländereien und Zölle der Region wachten. Besonders der Salzhandel, aber auch Eisenwaren, Wein und Getreide wurden hier umgeschlagen und über die Donau weitertransportiert.

Die Linzer Burg, die hoch über der Stadt thronte, diente den Habsburgern als Residenz. Im 15. und frühen 16. Jahrhundert hielten sich hier immer wieder

Mitglieder der Herrscherfamilie auf, und Linz entwickelte sich unter ihrer Schirmherrschaft weiter. Die Stadt war ein wichtiger Stützpunkt für den Handel mit Böhmen und spielte eine entscheidende Rolle in der Verwaltung des Landes ob der Enns.

Die Bürger der Stadt profitierten vom regen Handel. Die Märkte von Linz zogen Kaufleute aus Bayern, Böhmen und Ungarn an, die ihre Waren feilboten. An den Ufern der Donau wurden Schiffe mit Waren beladen, während in den engen Gassen die Handwerker ihrem Tagwerk nachgingen. Besonders Schiffbauer, Gerber und Schmiede prägten das Stadtbild, während die Weber und Färber für die Märkte feine Tuche herstellten.

Auch das geistige Leben war von Bedeutung: Die Stadt beherbergte zahlreiche Kirchen und Klöster, darunter das Minoritenkloster und das Dominikanerkloster, die nicht nur Orte des Gebets, sondern auch der Bildung und der Buchmalerei waren.

In dieser geschäftigen Stadt lebte und arbeitete **Elisabeth von Perg**, eine junge Adelige von hoher Geburt. Als Tochter einer bedeutenden Adelsfamilie hatte sie ihre Rolle als Dame des Hauses schon früh gelernt, doch trotz ihrer aristokratischen Herkunft strebte sie nach mehr als nur den Pflichten einer typischen Edeldame.

Das Erwachen in der Burg

Im Westflügel der Burg öffnete sich eine schwere Eichentür, als **Elisabeth von Perg** sich aus ihrem Bett erhob. Ihre Kammerzofe, **Katharina**, hatte bereits das Wasser in die silberne Waschschüssel gegossen und hielt ein feines Tuch bereit.

„Guten Morgen, Herrin. Die Sonne ist bereits über den Hügeln zu sehen."

Elisabeth trat barfuß über den kalten Steinboden und tauchte ihre Hände ins Wasser. Der sanfte Duft von Rosenöl stieg auf, als **Katharina** ihr eine wohlriechende Seife reichte. Nach der Morgentoilette half die Zofe ihr, ein Unterkleid aus feinstem Leinen zu tragen, bevor sie das blau bestickte Überkleid mit goldenen Borten anzog. Zum Abschluss wurde ihr Haar zu kunstvollen Zöpfen geflochten.

„Der Herr Graf erwartet Euch zur Morgenandacht in der Kapelle", erinnerte **Katharina** sie.

Der Morgen – Andacht und Frühstück

Die kleine Burgkapelle, in deren Fenstern buntes Licht flackerte, war bereits mit flüsternden Stimmen gefüllt. **Graf Albrecht von Perg**, ihr Vater, stand in der vordersten Bank und verneigte sich vor dem Altar. Ein Benediktinermönch aus dem nahegelegenen Stift hielt die Morgenmesse.

Nach der Andacht begab sich **Elisabeth** mit ihrer Familie in den großen Speisesaal, dessen Wände mit

Wandteppichen aus Flandern geschmückt waren. Diener servierten das Frühstück:

- **Weizenbrot mit Butter und Honig**
- **Gekochte Eier mit Kräutern**
- **Feigen und getrocknete Äpfel**
- **Ein Becher gewürzter Wein**

„Heute Nachmittag erwarten wir einen Gesandten aus Wien", sagte **Graf Albrecht**, während er ein Stück Brot brach. „Es geht um die neuen Handelsrechte entlang der Donau. Ihr werdet bei dem Empfang anwesend sein, **Elisabeth**."

Elisabeth nickte ehrerbietig. Es war ihre Pflicht als Tochter eines bedeutenden Adelshauses, sich in höfischen Dingen zu üben.

Der Vormittag – Die Pflichten einer Edeldame

Nach dem Frühstück begab sich **Elisabeth** mit ihrer Mutter in die Stickstube der Burg. Während ihre Mutter ein neues Tuch für die Kapelle verzierte, übte **Elisabeth** sich in feiner Nadelarbeit. Doch ihre Gedanken wanderten bereits zu den Vorbereitungen für den Empfang des Gesandten am Abend.

Später ritt sie mit einer kleinen Eskorte in die Stadt hinunter, um für den Empfang Stoffe und Gewürze zu erwerben. Auf dem Marktplatz herrschte geschäftiges Treiben:

- **Krämer priesen ihre Waren an**

- **Mönche boten Heilkräuter aus dem Klostergarten feil**
- **Spielleute musizierten, während Kinder um sie herumtanzten**

Elisabeth wählte feine Stoffe aus italienischer Seide und ließ sich von einem Händler frischen Zimt und Nelken zeigen.

Mittagspause – Eine Mahlzeit auf der Burg

Zurück auf der Burg wurde das Mittagsmahl im großen Saal serviert. Auf langen Tafeln standen:

- **Wildbraten mit Rosmarin und Knoblauch**
- **Linseneintopf mit Brot**
- **Geräucherter Fisch aus der Donau**
- **Ein Krug süßer Met**

Während die Familie speiste, berichteten die Verwalter von den neuesten Entwicklungen in der Stadt. Der Burgvogt informierte den Grafen über neue Steuern für Händler, während der Hofschreiber ein Schreiben des Herzogs überbrachte.

Elisabeth aß in stiller Vorbereitung auf den kommenden Abend.

Der Nachmittag – Die Vorbereitungen auf den Empfang

Die Dienerschaft bereitete den großen Festsaal für den Empfang des Gesandten vor. Teppiche wurden ausgebreitet, Kerzen entzündet und die lange Tafel mit Goldgeschirr gedeckt.

Elisabeth zog sich für den Empfang um: Ein tiefrotes Samtkleid mit Goldstickerei und ein feines Perlendiadem zierten sie. Ihre Mutter prüfte das Ergebnis und nickte zufrieden.

„Du wirst deine Rolle gut erfüllen, Kind."

Der Abend – Der Empfang des Gesandten

Mit dem letzten Licht des Tages traf der Gesandte aus Wien ein. Der Mann, in dunklem Brokat gekleidet, verneigte sich vor **Graf Albrecht** und überreichte ihm ein versiegeltes Pergament.

Während die Männer sich über Handelsrechte und politische Bündnisse austauschten, beobachtete **Elisabeth** aufmerksam die Etikette. Sie wusste, dass solche Gespräche oft über Ehen und Allianzen entschieden.

Zum Abschluss des Abends gab es ein festliches Bankett:

- **Gebratene Tauben mit Kräutersauce**
- **Frisches Brot mit Feigenmus**
- **Rotwein aus Ungarn**

Spielleute unterhielten die Gäste mit Laute und Gesang, während Tänzerinnen durch den Saal wirbelten.

Die Nacht – Stille über der Burg

Als der Empfang zu Ende ging, zog sich **Elisabeth** in ihre Gemächer zurück. **Katharina** half ihr, das schwere Kleid abzulegen und das Haar zu lösen.

Am Fenster lehnte sie sich hinaus und sah auf die dunkle Donau, die im Mondlicht schimmerte. Der Tag war voller Pflichten gewesen, doch sie wusste, dass ihr Leben als Adelige genau das bedeutete:

Repräsentieren, beobachten und sich auf die Zukunft vorbereiten.

Denn so war das Leben einer Edeldame in Linz – zwischen Politik, Pracht und der unaufhörlichen Strömung der Donau.

Krems (Österreich)Katharina Reutter-Klosterfrau

Krems, ein Tag im Jahr 1524

Die ersten Sonnenstrahlen glitten über die sanften Hügel der **Wachau** und tauchten die Donau in goldenes Licht. Der Morgennebel lag noch schwer über den **Weinbergen**, als in der Stadt **Krems** langsam das Leben erwachte. In den engen Gassen des Marktes begannen die ersten Händler ihre Stände aufzubauen, **Mönche** durchquerten mit gesenkten Köpfen die Straßen, und in den Backstuben duftete es nach frischem Brot. Der Klang eines Hammers hallte aus einer Schmiede, während ein Fischer mit seinem Einbaum über das Wasser glitt und sein Netz einholte.

Krems war zu dieser Zeit eine der wichtigsten Städte an der Donau und galt als bedeutendes **Wein- und Handelszentrum** Niederösterreichs. Der Weinbau hatte hier eine lange Tradition, und die fruchtbaren Böden der Wachau sorgten für edle Tropfen, die weit über die Grenzen hinaus geschätzt wurden. Händler brachten Wein in Fässern auf **Lastkähnen** nach Wien, Bayern und sogar bis nach Böhmen.

Die Stadt war geprägt von ihrer **mittelalterlichen Architektur**, mit engen Gassen, Fachwerkhäusern und den mächtigen Türmen der Stadtmauer, die Krems vor Eindringlingen schützen sollten. Besonders das **Steiner Tor**, eines der imposantesten Stadttore, zeugte von der Wehrhaftigkeit der Stadt.

Neben dem Weinhandel florierten in Krems auch das **Töpferhandwerk und die Gerberei.** Besonders die kunstvoll bemalten **Kremser Kacheln**, die in vielen Haushalten als Verzierung dienten, waren begehrt. Die Gerber nutzten das Wasser der Donau zur Verarbeitung von Tierhäuten, deren Leder anschließend nach Wien und Prag geliefert wurde.

Auch die **Kirche und die Klöster** spielten eine wichtige Rolle im Stadtleben. Das **Dominikanerkloster** war ein Zentrum des Wissens, in dem Mönche Schriften kopierten und sich mit der Heilkunst beschäftigten. Viele Pilger machten hier Halt auf ihrem Weg nach Mariazell.

Hier lebte und arbeitete **Katharina Reutter**, eine angesehene Klosterfrau, die für die Heilkräuter des Klosters zuständig war und mit ihren Tinkturen und Salben weit über die Stadt hinaus bekannt war.

Das Erwachen im Kloster

Hinter den Mauern des **Benediktinerinnenklosters von Krems** hatte der Tag schon begonnen. Die Glocken läuteten zur **Matutin**, dem ersten Gebet des Tages, und die Nonnen erhoben sich aus ihren schlichten Strohlagern.

Schwester Magdalena, eine Frau von vierzig Jahren, die seit zwei Jahrzehnten im Kloster lebte, bekreuzigte sich und trat barfuß zum steinernen Becken, um sich mit kaltem Wasser Gesicht und Hände zu waschen. Ihr einfaches Leinengewand, das große schwarze Skapulier und der weiße Schleier lagen sorgfältig gefaltet auf einem Holzschemel.

Nachdem sie sich gekleidet hatte, reihte sie sich in die Prozession der Schwestern ein, die mit gesenkten Köpfen und stillen Lippen in die **Klosterkirche** schritten. Die Kapelle war kühl, nur das flackernde Licht der Kerzen durchbrach die Dämmerung. Der Klang gregorianischer Gesänge erhob sich, während die Nonnen ihre Gebete sprachen.

Der Morgen – Gebet und Arbeit

Nach dem Gebet begaben sich die Nonnen zu ihren Aufgaben. Während einige in der Küche das einfache Frühstück zubereiteten, begab sich Schwester Magdalena in die **Skriptoriumsstube**, wo sie als Schreiberin alte Texte kopierte und mit feinen Miniaturen verzierte.

Ihr Pergament an diesem Morgen war eine Handschrift der Heiligen Schrift, die für das benachbarte Kloster in Melk angefertigt wurde. Sie tauchte ihre Feder in die schwarze Tinte, zog behutsam feine Linien und füllte die Anfangsbuchstaben mit leuchtendem Rot und Gold aus. Die Arbeit erforderte höchste Konzentration, denn jeder Fehler konnte das kostbare Pergament ruinieren.

Das Frühstück und die Klosteraufgaben

Zur **Prim**, dem Gebet in der ersten Morgenstunde, versammelten sich die Schwestern erneut in der Kirche. Danach gab es das bescheidene Frühstück:

- **Gerstenbrei mit Honig**
- **Ein Stück dunkles Brot**
- **Ein Becher frisches Quellwasser**

Schwester Magdalena genoss die Stille beim Essen. Gespräche waren während der Mahlzeiten nicht erlaubt, doch die Ruhe war für sie tröstlich. Während sie aß, hörte sie das ferne Läuten der Glocken aus der Stadt.

Nach dem Frühstück begaben sich die Nonnen wieder an ihre Arbeiten. Schwester Magdalena ging in die **Klosterapotheke**, wo sie half, **Kräuter für Heiltränke und Salben** zu mischen. Lavendel, Salbei und Kamille wurden sorgsam in Mörsern zerrieben, während ein großes Buch mit alten Rezepturen vor ihr aufgeschlagen lag.

Eine alte Nonne, Schwester Agnes, lehrte sie, wie man **Rosmarinsalbe gegen Gelenkschmerzen** herstellte und wie getrockneter Thymian als Heilmittel für Lungenerkrankungen genutzt wurde. Ein Bauernmädchen aus der Stadt war mit einer verstauchten Hand gekommen, und Schwester Magdalena band ihr vorsichtig einen Umschlag aus Beinwellblättern.

Der Mittag – Gebet und Mahlzeit

Zur **Sext**, dem Mittagsgebet, unterbrachen die Nonnen ihre Arbeit und versammelten sich wieder in der Kirche. Danach begaben sie sich in den Speisesaal, wo das **Mittagsmahl** serviert wurde:

- **Linsensuppe mit Wurzelgemüse**
- **Geröstetes Brot mit Kräuterkäse**
- **Ein Krug verdünnter Apfelmost**

Die Mahlzeit war einfach, doch nahrhaft. Schwester Magdalena beobachtete die jüngeren Novizinnen, die andächtig aßen und darauf warteten, nach der Mahlzeit die Anweisungen der Äbtissin zu erhalten. Danach folgte eine kurze Stunde der Stille, in der jede Nonne sich mit geistlicher Lektüre beschäftigen durfte.

Der Nachmittag – Arbeit im Klostergarten

Nach dem Essen begab sich Schwester Magdalena in den **Klostergarten**. Zwischen den gepflegten Beeten wuchsen **Pfefferminze, Beinwell und Ringelblumen**. Sie half dabei, verwelkte Blätter zu entfernen und Kräuter für die Trocknung zu schneiden. Neben ihr summten die Bienen um die Lavendelbüsche, und ein paar Hühner scharrten am Wegesrand.

Später wurde ein neuer Bienenstock aufgestellt, und Schwester Magdalena half, die Waben mit Honig zu ernten. Der süße Duft erfüllte die Luft, während die

Wachsplatten sorgsam entnommen und in Tücher gewickelt wurden. „Dieses Wachs wird gute Kerzen für unsere Kapelle ergeben", sagte Schwester Agnes zufrieden.

Während sie arbeitete, beobachtete Schwester Magdalena die Donau, die sich in der Ferne entlang der Stadtmauern von Krems wand. Manchmal fragte sie sich, wie ihr Leben außerhalb der Klostermauern verlaufen wäre.

Doch sie kannte die Antwort: Das Kloster war ihr Zuhause.

Der Abend – Die letzten Gebete und Ruhe

Am Abend versammelten sich die Nonnen erneut zur **Vesper**, dem Abendgebet. Der Gesang der Chorherren aus der benachbarten Kirche klang über die Mauern, während das Licht der untergehenden Sonne durch die Fenster fiel.

Nach der Vesper gab es eine bescheidene Mahlzeit:

- **Hirsebrei mit Mandeln**
- **Ein Stück Weizenbrot mit Honig**
- **Ein Krug Brunnenwasser**

Danach zogen sich die Nonnen in ihre Zellen zurück. Schwester Magdalena entrollte ein Pergament und fuhr mit der Hand über die geschriebenen Worte. Dann löschte sie die Kerze und legte sich nieder.

Die Nacht – Stille hinter den Klostermauern

Die Glocke der **Komplet**, dem letzten Gebet des Tages, läutete leise durch die kalten Gänge des Klosters.

Schwester Magdalena lag wach und lauschte dem entfernten Rauschen der Donau. Sie dachte an die Heiltränke, die sie heute gemischt hatte, an die Worte in den Büchern und an die klösterliche Stille, die ihr Leben bestimmte.

Das Leben hinter den Mauern war vorherbestimmt, doch es hatte seinen eigenen Frieden.

Denn so war das Leben einer **Klosterfrau in Krems – zwischen Gebet, Arbeit und der unaufhörlichen Strömung der Donau.**

Wien (Österreich)Erzherzog Ferdinand-Stadthalter

Wien, ein Tag im Jahr 1524

Die ersten Sonnenstrahlen tauchten die **Hofburg** in warmes, goldenes Licht. Die Dächer glänzten im Morgennebel, die Türme der **Stephanskirche** ragten majestätisch über die Stadt, und in den gepflasterten Straßen Wiens erwachte das Leben. **Kutschen** rumpelten über das Pflaster, Händler öffneten ihre Läden, und die ersten Klänge eines Lautenspielers wehten über den **Graben**. Doch hinter den dicken Mauern der kaiserlichen Residenz begann der Tag mit einer ganz anderen Art von Geschäftigkeit.

Wien war im frühen 16. Jahrhundert nicht nur die Hauptstadt des **Erzherzogtums Österreich**, sondern auch eine der bedeutendsten Städte im **Heiligen Römischen Reich**. Unter der Herrschaft der **Habsburger** entwickelte sich die Stadt zu einem politischen, wirtschaftlichen und kulturellen Zentrum. Die **Hofburg** war nicht nur die Residenz des Kaisers, sondern auch Regierungssitz und Verwaltungszentrum, in dem Beamte über die Geschicke der Ländereien wachten.

Im Jahr 1524 war **Erzherzog Ferdinand** der Statthalter der österreichischen Erblande. Als Bruder von **Kaiser Karl V.** führte er die Regierungsgeschäfte in Wien und bereitete sich auf die wachsenden Bedrohungen vor, die von den Osmanen unter **Sultan Süleyman I.** ausgingen. Die türkischen Heere rückten immer weiter nach Ungarn vor, und in Wien wuchs die Sorge vor einer möglichen Belagerung. Ferdinand stärkte die Befestigungen der Stadt und versuchte zugleich, das Reich durch diplomatische Bündnisse zu stabilisieren.

Die Stadt war ein Schmelztiegel aus **Kaufleuten, Handwerkern, Künstlern und Gelehrten**. Der Handel florierte, insbesondere mit **Wein, Salz, Tuch und feinen Gewürzen**, die aus Venedig und dem Osmanischen Reich ihren Weg hierher fanden. Die **Märkte Wiens**, allen voran der **Naschmarkt** und der **Hohe Markt**, waren voller Leben – hier fanden sich Händler aus ganz Europa, um ihre Waren feilzubieten.

Die Donau spielte eine entscheidende Rolle für den Wohlstand der Stadt. Die Flussufer waren gesäumt von **Schiffern, Fischern und Werftarbeitern**, die unablässig daran arbeiteten, die Schiffe für die langen Reisen flussauf- und flussabwärts vorzubereiten. Entlang des Flusses wurden Waren umgeschlagen, und in den Tavernen an den Ufern trafen sich Reisende, Kaufleute und Abenteurer, um Geschichten aus fernen Ländern zu erzählen.

Auch das gesellschaftliche Leben Wiens war geprägt von **Prunk und Feierlichkeiten**. Während die **Adeligen** auf ihren Landsitzen oder in den prächtigen Stadthäusern rauschende Feste feierten, versammelte sich das einfache Volk in den Gasthäusern, um bei Bier und Wein den neuesten Klatsch auszutauschen. **Musiker, Gaukler und Geschichtenerzähler** sorgten für Unterhaltung, während die hohen Herren in den Ratsstuben über Politik und Krieg berieten.

Hier lebte und regierte **Erzherzog Ferdinand**, der Wien auf eine ungewisse Zukunft vorbereitete, während die Donau unbeirrt weiterfloss.

Das Erwachen in der Hofburg

In den Gemächern des **Erzherzogs Ferdinand**, des Bruders von Kaiser Karl V., begann der Morgen mit Bedacht. Diener bewegten sich lautlos durch die Korridore, entfachten die Kamine und bereiteten warmes Wasser für das Waschritual. In einem angrenzenden Raum wartete bereits der **Hofschneider**, um die heutige Garderobe des Erzherzogs bereitzulegen: **eine seidene Wamsjacke in tiefem Purpur, bestickt mit goldenen Fäden, ein weiter Umhang aus feinstem Samt und ein Gürtel mit kunstvoll geprägten Silberbeschlägen.**

Ein Kammerdiener trat leise in das Schlafgemach. „Eure Hoheit, es ist die erste Stunde des Tages. Der Kaiser erwartet Euch zum Morgengebet."

Erzherzog Ferdinand öffnete langsam die Augen. Noch bevor er sich aus seinem Bett erhob, hatte ein Diener bereits einen **Seidenmantel** über seine Schultern gelegt, während ein anderer ihm eine silberne Schale mit **Rosenwasser** reichte.

Der Morgen – Gebet und Audienzen

Die große **Kapelle der Hofburg** war erfüllt vom Klang der gregorianischen Gesänge der Hofkaplane. Der Kaiser selbst stand an vorderster Stelle, flankiert von Erzherzog Ferdinand und weiteren Mitgliedern der Habsburger Familie. Der Weihrauch stieg auf, während der Priester die Morgenmesse las.

Nach dem Gebet begaben sich die Höflinge in die großen Säle der Hofburg. Diener eilten mit **goldverzierten Silbertabletts**, auf denen sie das Frühstück servierten:

- **Gebackenes Weißbrot mit Mandelbutter**
- **Geräucherter Schinken aus Tirol**
- **Frische Feigen und Datteln aus den Mittelmeergebieten**
- **Ein goldener Pokal mit heißem Würzwein**

Während des Mahls begannen bereits die ersten Gespräche über die Tagesgeschäfte. Heute sollte eine **Gesandtschaft aus Venedig** erwartet werden, um über neue Handelsverträge zu sprechen. Erzherzog Ferdinand hörte aufmerksam zu, während er bedächtig ein Stück Weizenbrot brach.

Der Vormittag – Hofleben und Politik

Nach dem Frühstück begann der offizielle Teil des Tages. Im großen **Audienzsaal**, dessen Wände mit schweren Wandteppichen geschmückt waren, empfing Kaiser Karl V. gemeinsam mit Erzherzog Ferdinand die venezianischen Gesandten. Die Männer, gekleidet in **lange Roben aus schwarzem Brokat**, verneigten sich tief. Ein Hofmarschall verlas die Bedingungen des neuen Handelsabkommens, während Schreiber die Details sorgfältig in feine Pergamentrollen fassten.

Währenddessen wimmelte es in den hinteren Bereichen der Hofburg von Bediensteten. In der **kaiserlichen Küche** war reges Treiben, denn das bevorstehende Festmahl erforderte akribische Vorbereitung.

Der Küchenmeister, ein stämmiger Mann mit gerötetem Gesicht, beaufsichtigte persönlich die Zubereitung der Speisen:

- **Ein gefüllter Pfau, dessen Federn kunstvoll wieder aufgesetzt wurden**
- **Eine Pastete aus Wildbret und Feigen**
- **Karpfen in Safransauce, frisch aus der Donau**
- **Honigkuchen und kandierte Mandeln zum Abschluss**

Die Luft war erfüllt vom Duft exotischer Gewürze, während die Küchenjungen eifrig Platten polierten und Kelche bereitstellten.

Mittagspause – Hofzeremoniell und Vergnügen

Zur Mittagszeit versammelten sich die Adeligen im **großen Bankettsaal**. Lange Tafeln, bedeckt mit bestickten Tischtüchern, waren mit Speisen beladen. Das Mahl wurde von höfischer Musik begleitet – **Lauten, Flöten und Gamben** spielten sanfte Melodien, während Diener in gleichmäßiger Abfolge die Gänge servierten.

Nach dem Essen war Zeit für **kurze Zerstreuung**. Einige Edelleute zog es zur Jagd in den Lainzer Wald, andere ließen sich im **Prunkgarten** der Hofburg nieder, wo sie Schach oder Kartenspiele spielten. Die Damen des Hofes promenierten unter den **Laubengängen**, ihre bestickten Seidengewänder raschelten über den Kies.

Erzherzog Ferdinand aber begab sich zur **Reitbahn**, um mit seinen Gefährten auf prächtigen Andalusiern zu trainieren. Der Geruch von Leder und frischem Heu erfüllte die Luft, während die edlen Pferde über den Sandboden trabten.

Der Nachmittag – Hofintrigen und Diplomatie

Während die Gäste sich im Garten amüsierten, fanden hinter den Kulissen **geheime Verhandlungen** statt. Die Gesandten aus Venedig wurden in eine kleine Kammer geführt, wo sie in einem vertraulichen Gespräch mit einem habsburgischen Kanzler über noch ungeklärte Territorialfragen sprachen.

Nicht weit entfernt, in den Gemächern der Damen, wurde unterdessen über mögliche **Heiratsbündnisse** debattiert. Ein Edelfräulein aus der Familie Fugger sollte mit einem spanischen Adeligen vermählt werden – ein Schachzug, der den Einfluss der Habsburger weiter festigen würde.

Der Abend – Ein festlicher Ball

Als die Dämmerung über Wien hereinbrach, wurde in der Hofburg der große **Festsaal** erleuchtet. Unzählige Kerzen warfen goldenes Licht auf das kunstvolle Stuckgewölbe. **Ein Ball zu Ehren der venezianischen Gäste** sollte stattfinden.

Edle Damen in kostbaren Kleidern aus **Seidensatin und Brokat** trugen Juwelen, die im Kerzenlicht funkelten. Die Herren, gekleidet in prunkvollen Gewändern, verneigten sich in tiefster Höflichkeit.

Mit einem Wink begann die Musik. **Tänzer wirbelten über den Marmorboden**, elegante Bewegungen im Takt der Laute und Violen. Es war ein Spektakel des Glanzes und der Macht – die perfekte Inszenierung habsburgischer Herrschaft.

Die Nacht – Stille über der Hofburg

Als die letzten Gäste sich verabschiedeten und das große Tor der Hofburg sich schloss, kehrte langsam Ruhe ein. Diener löschten die Kerzen, während in den Kammern die Stimmen leiser wurden.

Erzherzog Ferdinand ließ sich in seinen Sessel sinken und ließ den Tag Revue passieren. Die Macht der Habsburger wuchs, die Verhandlungen waren erfolgreich gewesen – und Wien, die strahlende Residenzstadt, stand fest in ihrer Rolle als Zentrum des Reiches.

Denn so war das Leben am **kaiserlichen Hof in Wien – zwischen Pracht, Politik und der unaufhörlichen Strömung der Donau.**

Bratislava (Slowakei)Mikuláš Torma-Apotheker

Bratislava, ein Tag im Jahr 1524

Bratislava, damals bekannt als Pressburg, war eine bedeutende Stadt im Königreich Ungarn und lag an einer der wichtigsten Handelsrouten entlang der Donau. Die Stadt, umgeben von einer starken Befestigungsmauer, war ein Zentrum des Handels, der Handwerkskunst und der Verwaltung. Besonders der Fischplatz, nahe am Fluss gelegen, war ein pulsierendes Zentrum des städtischen Lebens. Hier wurden frischer Fisch, exotische Gewürze und Heilkräuter verkauft, und die Luft war erfüllt vom Gemisch aus Räucherwerk, gebranntem Holz und dem feuchten Dunst der Donau.

Die Burg von Pressburg, hoch über der Stadt thronend, war das politische und militärische Zentrum. Nach der osmanischen Eroberung Budas im Jahr 1541 wurde Pressburg zur ungarischen Hauptstadt und zur Krönungsstadt der ungarischen Könige. In der St.-Martins-Kathedrale wurden feierliche Krönungen abgehalten, und die engen Gassen füllten sich mit Adligen, Geistlichen und Würdenträgern, die aus dem ganzen Reich anreisten.

Die Wirtschaft der Stadt blühte. Pressburg war bekannt für seinen Weinhandel, dessen Produkte bis nach Wien und Prag exportiert wurden. Auch die Apotheker spielten eine bedeutende Rolle – die Nachfrage nach Heilkräutern, Salben und alchemistischen Rezepturen war hoch, besonders in einer Zeit, in der Medizin noch von Mystik und Aberglauben durchzogen war. Das Wissen um Heilkunst war begehrt, aber auch gefürchtet. Nicht selten gerieten jene, die sich zu tief in verborgene Wissenschaften wagten, in den Verdacht der Ketzerei.

Doch Pressburg war nicht nur eine Stadt des Handels und der Wissenschaft, sondern auch eine Stadt der Gerüchte und politischen Intrigen. Die engen, oft in Nebel gehüllten Gassen boten ebenso viele Verstecke für zwielichtige Gestalten wie für heimliche Treffen und verschwörerische Absprachen. Hier lebte **Mikuláš Torma**, ein angesehener Apotheker, dessen Wissen weit über die gewöhnliche Heilkunde hinausreichte – und der genau deshalb vorsichtig sein musste.

Das Erwachen in der Alchemistenstube

Mikuláš Torma, ein Mann in den besten Jahren, war kein gewöhnlicher Apotheker. Sein Wissen reichte über die Heilkunde hinaus, hin zu den Mysterien der Natur, den feinen Wechselwirkungen zwischen Pflanze, Mineral und Körper. Doch in einer Zeit, in der

Wissen ebenso geschätzt wie gefürchtet wurde, musste er vorsichtig sein.

Er erwachte mit einem leichten Druck auf der Brust – ein Überbleibsel der letzten Nacht, in der er bis spät an einer neuen Mixtur gearbeitet hatte. **Tinkturen, Destillate, Aufgüsse** – die hölzernen Regale, die seine Schlafkammer umgaben, waren mit unzähligen Phiolen und Gefäßen gefüllt. Einige enthielten Heilmittel, andere… Experimente, die noch nicht für die Welt bestimmt waren.

Sein Lehrjunge **Jakub**, ein schmaler Junge mit aufmerksamen Augen, klopfte an die Tür. „Meister, die ersten Kunden warten schon."

Mikuláš rieb sich die Augen, zog seinen dunklen, von Flecken übersäten **Lederkittel** über und schritt barfuß auf die kalten Dielen. Das Morgenlicht war blass und fahl, es kämpfte sich durch die Butzenglasscheiben und ließ den Staub in der Luft tanzen.

Der Morgen – Kräuter, Krankheiten und Klienten

Der erste Kunde war ein **Mönch**, der leise in die düstere Apotheke trat. Seine Kutte war an den Rändern feucht, das Leder seiner Sandalen vom Pflaster aufgeweicht.

„Ich benötige Baldrian und eine Salbe für ein fieberndes Kind im Kloster," sagte er mit gedämpfter Stimme.

Mikuláš nickte, griff nach einem kleinen **Leinentuch mit getrockneten Wurzeln** und einem irdenen Tiegel, in dem eine Salbe aus **Bienenwachs und Lavendel** glänzte.

Kaum war der Mönch gegangen, trat ein **reicher Kaufmann** ein. Sein Brokatmantel war schwer, seine Augen misstrauisch. „Etwas für das Herz," murmelte er und blickte sich dabei um, als fürchtete er, beobachtet zu werden. „Etwas Starkes."

Mikuláš verstand. Er griff zu einer **Tinktur aus Weißdorn und Melisse** – nichts Ungewöhnliches. Doch dann, als der Kaufmann sich zum Gehen wandte, legte er ihm einen **zweiten Flakon** in die Hand. „Für den Fall, dass Ihr mehr als nur die Nerven beruhigen wollt," sagte er leise. Der Mann zögerte, dann ließ er eine Münze auf den Tresen fallen und verschwand in den Gassen.

Der Vormittag – Ein Schatten aus Wien

Kaum hatte er den Verkauf abgeschlossen, betrat ein **neuer Kunde** die Apotheke – ein Mann, dessen Mantel feucht war vom Nebel, dessen Stiefel nicht von hier stammten.

„Ihr seid Mikuláš Torma?" fragte er.

Mikuláš betrachtete ihn aufmerksam. Der Schnitt seines Mantels, die Qualität des Stoffs – das war kein gewöhnlicher Reisender. **Hofkreise. Vielleicht Wien. Vielleicht Schlimmeres.**

„Man sagt, Ihr versteht Euch auf seltene Rezepturen. Der Hof benötigt eine… besondere Mixtur. Etwas, das das Gedächtnis erhellt."

Ein höfliches Lächeln. Doch in seinen Augen lag ein Test. Mikuláš wusste, dass dies mehr war als eine harmlose Bestellung.

„Die Natur hat viele Wege, den Geist zu klären," antwortete er.

Der Fremde zog eine kleine **Seidenschatulle** unter seinem Mantel hervor und legte sie auf den Tisch. Mikuláš öffnete sie vorsichtig – darin lag ein goldbesticktes Taschentuch mit einem Wappen, das er kannte. Ein Zeichen des Wiener Hofes.

Er schloss die Schatulle und nickte langsam. „Kommt nach Sonnenuntergang wieder. Ich werde sehen, was ich für Euch tun kann."

Mittag – Ein Treffen im Hinterzimmer

Nach der letzten Lieferung zog sich Mikuláš zurück in sein **Hinterzimmer**, eine Kammer voller Bücher und Destillierkolben. Jakub, sein Lehrjunge, saß bereits an einem Tisch, sortierte **Mörser mit getrockneten Pflanzen** und schrieb mit einer **Rabenfeder** in ein dickes, abgegriffenes Notizbuch.

„Meister… war das ein Spion?"

Mikuláš seufzte und ließ sich auf einen Hocker sinken. „Vielleicht. Oder ein Hofmann, der in dunklen

Angelegenheiten wühlt. Es gibt viele, die nach Wissen hungern – aber nicht alle suchen es für die Heilung."

Er strich mit den Fingern über ein kleines Fläschchen mit einem **klaren Destillat**, das auf dem Tisch stand. Darin schimmerte eine **farblose Flüssigkeit**, so harmlos wie Wasser – und doch wusste Mikuláš, dass schon ein Tropfen davon das Blut verlangsamte, den Körper träge machte.

Die Frage war: Wollte er es dem Mann aus Wien geben?

Der Nachmittag – Die Gassen von Bratislava

Mikuláš verließ seine Apotheke und trat hinaus in die engen Straßen. **Schmiede hämmerten**, ein Bäcker zog dampfende Brote aus dem Steinofen, während **Händler in schweren Pelzen** sich in Ecken berieten.

Er ging den kurzen Weg hinauf zum **Michaelertor**, von wo aus man die Donau und ihre langsame Strömung sehen konnte. Der Fluss war träge an diesem Tag, fast so, als hielte er selbst den Atem an.

Ein alter Bekannter, **Benedikt Havel**, ein Chronist der Stadt, wartete dort auf ihn. „Man sagt, jemand aus Wien ist nach Dir auf der Suche."

„Ich weiß."

„Und?"

„Ich warte ab."

Havel lachte leise. „Wie immer."

Der Abend – Eine Entscheidung in der Nacht

Als die Nacht über die Stadt fiel, kehrte Mikuláš in seine Apotheke zurück. Der Mann aus Wien erschien, wie versprochen.

Mikuláš überreichte ihm einen Flakon. „Dies wird Euch geben, was Ihr sucht."

Der Fremde nahm ihn entgegen, wog ihn in der Hand und nickte. „Gut." Dann legte er ein weiteres Goldstück auf den Tisch und verschwand in den dunklen Gassen.

Mikuláš sah ihm nach. Er wusste, dass diese Flüssigkeit weder Gift noch Heilung war – nur Wasser mit etwas Rosmarin und Eisenkraut. Doch der Glaube war oft stärker als die Wissenschaft.

Denn so war das Leben eines **Apothekers in Bratislava – zwischen Wissen, Macht und den Schatten der Gassen.**

Győr (Ungarn)Tamás Fekete-Fischer

Győr, ein Tag im Jahr 1524

Győr, eine der ältesten Städte Ungarns, war im 16. Jahrhundert eine strategisch wichtige Festungsstadt an der Donau. Die Stadt lag an einem Knotenpunkt zwischen Wien, Bratislava und Budapest und spielte eine bedeutende Rolle als Handelszentrum und militärischer Stützpunkt. Besonders wichtig war die Lage am Zusammenfluss von Donau, Raab und Rába, was Győr zu einem natürlichen Verkehrsknotenpunkt machte. Schon in der Antike existierte hier eine Siedlung der Römer, die den Ort *Arrabona* nannten.

Nach der osmanischen Expansion im 16. Jahrhundert wurde Győr zu einer der wichtigsten Verteidigungsanlagen gegen die Türken ausgebaut. Die Stadt wurde mehrfach belagert, verlor 1594 kurzzeitig ihre Unabhängigkeit, konnte aber 1598 von den Habsburgern zurückerobert werden. Die massive Festung, errichtet nach italienischem Vorbild, machte Győr zu einer der am stärksten befestigten Städte in der Region. Doch nicht nur Soldaten lebten hier – Händler, Handwerker und Fischer prägten das Leben in den Straßen, und die engen Gassen entlang der Flüsse waren erfüllt von den Gerüchen nach frisch gefangenem Fisch, Holzrauch und feuchten Steinen.

Neben seiner militärischen Bedeutung war Győr ein Zentrum des Handwerks. Die Gerber und Weber der Stadt lieferten ihre Waren bis nach Wien, und die Märkte waren voller exotischer Gewürze, Stoffe und Waren aus den Handelswegen entlang der Donau. Doch am engsten mit dem Schicksal der Stadt verbunden war das Wasser. Fischer lebten von den reichen Beständen der Flüsse, Schiffer transportierten Waren auf der Donau, und in den Gasthäusern der Stadt wurde abends bei einem Becher Wein über den Pegelstand der Raab und die Launen des Wassers diskutiert.

Hier lebte **Tamás Fekete**, ein erfahrener Fischer, der die Strömungen der Flüsse kannte wie andere die Linien ihrer eigenen Handfläche – und der ahnte, dass das Wasser manchmal mehr verbarg als nur Fische.

Das Erwachen am Fluss

Tamás erwachte, als die ersten Sonnenstrahlen über das Wasser glitten. Sein Haus lag direkt am Ufer, nicht weit vom Marktplatz entfernt. Einfache Holzwände, ein Strohdach, der Geruch von Fisch, Salz und Rauch – so roch sein Leben. Er setzte sich auf, streckte sich, während seine Frau **Ilona** bereits das Feuer im Herd entfachte.

„Steh auf, Tamás, du hast einen langen Tag vor dir."

Er wusch sich mit eiskaltem Flusswasser, zog seine **Leinenhose und das grobe Wollhemd** über und band sich die schmutzige Schürze um. Noch bevor das Frühstück serviert wurde, trat er vor die Tür und prüfte sein **Netz**, das über einem Pfahl gespannt hing. Der letzte Fang hatte ihm ein gutes Geschäft eingebracht – heute hoffte er auf noch mehr Glück.

Das Frühstück und die ersten Vorbereitungen

Zurück im Haus wartete Ilona mit einem einfachen Frühstück:

- **Schwarzbrot mit saurer Sahne und frischen Zwiebeln**
- **Ein Becher warmer Kräutertee aus Kamille und Minze**
- **Getrocknete Äpfel als kleine Beilage**

Tamás aß schweigend, hörte auf das ferne Rufen der Möwen und auf das leise Plätschern der Wellen. Bald würde der Fluss ihn wieder rufen.

„Die Netze sind bereit, ich werde heute tiefer hinausfahren", sagte er und stand auf.

Ilona nickte nur. Sie wusste, dass das Wasser ihr Mann war.

Der Morgen – Die Fischerei beginnt

Mit seinem kleinen Boot, einer schmalen **Einbaum-Fähre**, ruderte Tamás hinaus in die Nebelschwaden der Donau. Das Wasser war ruhig, doch unter der Oberfläche lag das Versprechen eines reichen Fangs.

Er ließ das Netz hinab, beobachtete die Strömung, während sein alter Freund **Ferenc**, ebenfalls Fischer, sein Boot neben seines lenkte.

„Heute soll gutes Wetter sein", murmelte Ferenc, während er sein Netz prüfte.

„Dann hoffen wir, dass die Fische das auch wissen."

Die beiden Männer arbeiteten wortlos, ließen das schwere Netz ins Wasser gleiten und warteten. Die Minuten zogen sich, bis ein erstes Rucken durch das Seil ging.

„Da haben wir etwas!" rief Tamás.

Mit kräftigen Zügen zogen sie das Netz ein – glänzende Fische zuckten darin, Spiegelkarpfen, Hechte und eine große Schleie. Es war ein guter Anfang.

Der Vormittag – Kampf mit der Natur

Plötzlich zog Wind auf, Wellen kräuselten sich über die Wasseroberfläche. Tamás erkannte das Wetter – eine plötzliche Böe aus dem Osten.

„Wir müssen zurück!" rief Ferenc.

Doch Tamás zögerte. Es war noch zu früh, die besten Fische schwammen erst jetzt in ihre Netze. Er packte das Ruder fester und wartete noch einen Moment – ein Fehler.

Ein plötzlicher Windstoß riss an seinem Boot, Wasser schwappte über die Bordwand, und er verlor für einen Moment das Gleichgewicht.

„Tamás!", rief Ferenc, doch da war es schon zu spät. Mit einem dumpfen Geräusch krachte sein Boot gegen einen untergetauchten Baumstamm. Das Holz splitterte – Wasser drang ein.

Er ruderte verzweifelt, kämpfte gegen die Strömung, während sein Netz schwerer wurde. Doch mit Mühe schaffte er es ans Ufer, völlig durchnässt und außer Atem.

Ferenc zog ihn an Land. „Bist du wahnsinnig?"

Tamás lachte nur. „Das Wasser ist gnädig heute. Es hätte mich behalten können."

Sein Fang war gerettet. Das Boot? Würde repariert werden müssen.

Der Mittag – Markt und Geschäfte

Mit einem Eimer voller Fische marschierte Tamás durch die Straßen von Győr, wo das Leben pulsierte. Händler priesen ihre Waren an, Frauen trugen Körbe mit frischem Gemüse, und ein Bäcker zog dampfende Laibe aus dem Ofen.

Am **Marktplatz**, nahe der Kirche, hatte seine Frau bereits einen Platz für den Verkauf reserviert.

„Frischer Fisch! Karpfen und Hechte!" rief Ilona laut.

Bald strömten die Käufer herbei. Ein **wohlhabender Bürger** nahm einen großen Hecht, eine **Marktfrau** feilschte um einen kleinen Aal. Tamás verhandelte geschickt, gab schließlich nach – mit einem Lächeln, denn er wusste, dass sie wiederkommen würden.

Der Nachmittag – Ein Moment der Ruhe

Nach dem Verkauf setzte sich Tamás auf eine niedrige Mauer und betrachtete die Stadt. **Die Türme der Kirche ragten in den Himmel, das Wasser der Donau glitzerte, das Leben ging weiter.**

Neben ihm setzte sich Ferenc, ein Krug Bier in der Hand.

„Hast du gehört? Die Kaufleute aus Wien wollen noch mehr Fisch. Vielleicht zahlen sie diesmal besser."

„Vielleicht. Aber solange die Donau mir gibt, was ich brauche, bleibe ich hier."

Ferenc nickte. Sie wussten beide, dass der Fluss ihre Heimat war.

Der Abend – Heimkehr zur Familie

Die Sonne neigte sich dem Horizont zu, als Tamás heimkehrte. Ilona hatte **Fischsuppe mit Paprika und Zwiebeln** gekocht, und der warme Dampf erfüllte das Haus.

„Du hast einen guten Fang gemacht", sagte sie, während sie den Teller füllte.

„Die Donau war gnädig", antwortete er.

Nach dem Essen trat er hinaus ans Ufer, lauschte dem Rauschen der Wellen. Morgen würde er wieder hinausfahren. Wieder kämpfen. Wieder nehmen, was der Fluss zu geben hatte.

Denn so war das Leben eines **Fischers in Győr –**
zwischen Wasser, Wind und der unaufhörlichen
Strömung der Donau.

Esztergom (Ungarn)András Kovács-Steinmetz

Esztergom, ein Tag im Jahr 1524

Esztergom war das religiöse Herz Ungarns und eine der ältesten Städte des Landes. Bereits in der Römerzeit existierte hier eine befestigte Siedlung, doch ihre wahre Bedeutung erlangte die Stadt im Mittelalter, als sie zum Zentrum der ungarischen Könige wurde. Stephan I., der erste christliche König Ungarns, wurde hier geboren und machte Esztergom zum Sitz des Erzbistums, das bis heute das höchste kirchliche Amt des Landes innehat. Die Erzbischöfe von Esztergom besaßen nicht nur geistliche, sondern auch politische Macht und hatten oft Einfluss auf die Krönung der ungarischen Könige.

Die Stadt lag an einem strategisch wichtigen Punkt entlang der Donau, wo der Fluss eine natürliche Grenze bildete. Dadurch wurde Esztergom früh ein wichtiger Handels- und Verteidigungsstützpunkt. Die Burg von Esztergom, hoch über der Donau gelegen, war eine der beeindruckendsten Festungen des Königreichs. Sie wurde mehrfach erweitert und verstärkt, insbesondere nachdem die Osmanen im 16. Jahrhundert zur Bedrohung wurden. Trotz ihrer massiven Mauern wurde die Stadt 1543 von den Türken erobert und blieb für mehr als 150 Jahre unter osmanischer Herrschaft, bis sie von den Habsburgern zurückgewonnen wurde.

Doch nicht nur die Burg und die Kirche prägten Esztergom, sondern auch das Leben in den Gassen der Stadt. Händler boten ihre Waren auf den Märkten an, Fischer brachten frischen Fang aus der Donau, und Handwerker arbeiteten in ihren Werkstätten. Steinmetze, Maurer und Bildhauer waren hier besonders gefragt, denn die Bauwerke der Stadt mussten stetig ausgebessert oder erweitert werden. Die Kathedrale, Paläste und Befestigungen boten Arbeit für viele Generationen von Handwerkern.

Hier lebte **András Kovács**, ein erfahrener Steinmetz, dessen Hände die Mauern von Esztergom mitgestaltet hatten – und der wusste, dass in jedem Stein ein Stück Geschichte verborgen lag..

Das Erwachen in der Werkstatt

András rieb sich die Augen, während das erste Licht durch das kleine Fenster seines Quartiers fiel. Die Luft roch nach kaltem Kalkstein und feuchtem Holz, der Boden war rau von herumliegenden Steinspänen. Seit Jahren arbeitete er an den großen Bauprojekten der Stadt – neue Kapellen, Altäre, Brunnen und Verzierungen für die ehrwürdigen Gebäude des Klerus.

Er wusch sich das Gesicht mit Wasser aus einem tönernen Krug, zog sein **Leinenhemd und die schwe-**

re **Wolltunika** über und band sich den ledernen Arbeitsgürtel um. Noch bevor er zur ersten Messe des Tages ging, griff er nach einem Stück Brot und einem Schluck dünnen Bieres – ein karges Frühstück, aber genug, um den Magen zu beruhigen.

Der Morgen – Die Arbeit beginnt

Nach der Messe machte sich András auf den Weg zur Werkstatt. Dort wartete bereits sein Lehrjunge **Gergely**, der mit einem groben Besen den feinen Steinstaub vom Boden fegte.

„Meister, der Verwalter des Erzbischofs war hier. Sie brauchen noch vor dem Abend die Kapitelle für die neue Kapelle fertig."

András seufzte. „Dann haben wir heute keine Zeit zu verlieren."

Die Werkstatt war erfüllt von Hammerklängen, das Echo hallte zwischen den Mauern wider. András arbeitete konzentriert an einem Säulenkapitell mit feinen Rankenmustern. Jeder Schlag seines Meißels war präzise, jeder Griff durch jahrelange Erfahrung geformt.

Während er arbeitete, hörte er die Gespräche der anderen Handwerker: **Zimmerleute, Maler, Glasmeister**, alle mit ihren eigenen Aufträgen für den Palast und die Kirche.

„Hast du gehört?", sagte ein Schreiner, der gerade eine neue Tür für den Palast schnitzte. „Der Erzbischof empfängt bald Gesandte aus Rom. Die beabsichtigen, sich unsere Bauwerke anzusehen."

András nickte. Esztergom war das Zentrum des katholischen Glaubens in Ungarn, und der Erzbischof hatte Macht, fast wie ein König. Kein Wunder, dass der Papst ihn mit Wohlwollen betrachtete.

Der Mittag – Eine kurze Rast

Zur Mittagszeit legte András seinen Hammer beiseite. Er trat hinaus auf den kleinen Hof hinter der Werkstatt, wo einige Handwerker bereits ihre Mahlzeit einnahmen. Das Essen war einfach:

- **Eintopf aus Linsen und Wurzelgemüse**
- **Ein Laib grobes Roggenbrot**
- **Ein Krug verdünnter Apfelmost**

„Hast du gehört? Der Erzbischof erwartet in wenigen Tagen eine Delegation aus Wien. Sie wollen die Baufortschritte sehen," sagte ein Glasmaler, der sich neben András setzte.

András kaute nachdenklich auf seinem Brot. „Dann müssen wir noch härter arbeiten. Es wäre nicht gut, wenn unser Handwerk als mangelhaft gilt."

Nach der Mahlzeit kehrte er in die Werkstatt zurück.

Der Nachmittag – Der Feinschliff der Kunst

Mit geübten Händen glättete András die letzten Kanten des Kapitells. Die feinen Rankenmuster waren nun deutlich zu erkennen, die Oberfläche ebenmäßig.

Er lehnte sich zurück, betrachtete sein Werk und nickte zufrieden.

Sein Lehrjunge Gergely beobachtete ihn aufmerksam. „Meister, wie wisst Ihr, wann ein Werk vollendet ist?"

András lachte leise. „Wenn es mir sagt, dass es nichts Weiteres braucht."

Zusammen trugen sie die fertigen Kapitelle zur Kirche, wo sie bald auf den hohen Säulen der neuen Kapelle ruhen würden. Die Priester begutachteten das Werk und nickten anerkennend.

Als sie die Kirche verließen, betrachtete András die **Basilika**, die sich auf dem Hügel über der Stadt erhob. „Es wird noch Jahrzehnte dauern, bis alles fertig ist", sagte er leise. „Aber irgendwann wird man sagen: Hier haben die besten Handwerker ihrer Zeit gearbeitet."

Der Abend – Ein Moment des Stolzes

Als die Sonne über der Donau unterging, wusch sich András den Staub von den Händen. Heute war ein guter Tag gewesen – die Arbeit war vollbracht, die Kapelle würde weiter wachsen.

Er trat aus der Werkstatt hinaus, blickte über die Dächer von Esztergom und hinunter zum Fluss, der still in der Dämmerung lag.

Nicht weit entfernt, an einem kleinen Stand, priesen Händler ihre Waren an. András kaufte ein

Stück Käse und ein Fläschchen Honigwein – eine kleine Belohnung für die harte Arbeit.

Er setzte sich an den Rand der Stadtmauer und sah zu, wie sich die letzten Sonnenstrahlen im Wasser der Donau spiegelten. Morgen würde er wiederkommen, wieder den Hammer in die Hand nehmen, wieder Stein für Stein die Zukunft dieser Stadt mitgestalten.

Denn so war das Leben eines **Steinmetzen in Esztergom – zwischen Staub, Glaube und der unaufhörlichen Strömung der Donau.**

Budapest (Ungarn)Miklós Farkas-Goldschmied

Budapest, ein Tag im Jahr 1524

Budapest, damals noch getrennt in die Städte Buda und Pest, war im 16. Jahrhundert das Herz des ungarischen Königreichs. Buda, auf der westlichen Seite der Donau, war die königliche Residenz, umgeben von mächtigen Mauern und geprägt von Palästen, Kirchen und Adelshäusern. Die Budaer Burg war das Zentrum der Macht, eine Festung und ein Symbol ungarischer Souveränität. In den prunkvollen Sälen fanden diplomatische Treffen statt, hier wurden Gesetze verkündet, und der König hielt Audienzen mit Gesandten aus aller Welt.

Pest hingegen, auf der östlichen Seite der Donau, war das geschäftige Handelszentrum. Händler aus ganz Europa und dem Osmanischen Reich trafen sich auf den Märkten, und die Gassen waren erfüllt vom Rufen der Marktschreier, dem Hämmern der Schmiede und dem Duft exotischer Gewürze. Die Stadt war ein Schmelztiegel verschiedener Kulturen, von ungarischen Handwerkern über jüdische Kaufleute bis hin zu venezianischen und deutschen Händlern, die mit feinen Stoffen, Gewürzen und Edelmetallen handelten.

Der Gellértberg mit seinen heißen Quellen war bereits in dieser Zeit bekannt für seine heilenden Bäder, die von Adeligen und Bürgern gleichermaßen geschätzt wurden. Die Heilkunst blühte, und mit ihr die Berufe der Apotheker, Ärzte und Alchemisten, die mit Kräutern und Tinkturen experimentierten.

Doch die Bedrohung durch das Osmanische Reich war allgegenwärtig. 1526 fiel König Ludwig II. in der Schlacht bei Mohács gegen die Osmanen, und nur wenige Jahre später, 1541, wurde Buda von den Türken eingenommen. Die Stadt blieb über 140 Jahre unter osmanischer Herrschaft, was Architektur, Handel und Kultur prägte. Moscheen und Badehäuser entstanden, und die Donau wurde zur Grenze zwischen der christlichen Welt und dem osmanischen Einflussbereich.

Hier lebte **Miklós Farkas**, ein angesehener Goldschmied, dessen Kunstfertigkeit ihn bis an den königlichen Hof gebracht hatte – und der wusste, dass seine Arbeit mehr war als nur Schmuck: Sie war ein Symbol für Macht und Prestige.

Das Erwachen in der königlichen Residenz

In einem der prunkvollen Gemächer der Budaer Burg erwachte **Miklós Farkas**, ein angesehener Goldschmied, dessen Talent ihn bis an den Hof des Königs gebracht hatte. Er blinzelte, als das Morgenlicht durch die bunten Glasfenster fiel, und hörte das leise Klappern von Dienern, die in den Korridoren eilig hin- und herliefen. Die Burg war nie still. Schon in den frühen Stunden wurde Holz für die Öfen herangetragen, Stoffe aus den Kisten geholt und das Frühstück für den Adel vorbereitet.

Miklós erhob sich, wusch sich mit duftendem Rosenwasser und zog sein bestes Wams über – heute würde er dem königlichen Schatzmeister neue Arbeiten präsentieren, und seine Kunst musste überzeugen.

Der Morgen – Die Straßen von Buda

Nach einem kargen Frühstück – ein Stück **Fladenbrot mit Honig und Feigen** – machte sich Miklós auf den Weg durch die Burgstadt. Die Straßen von Buda waren breit und von prachtvollen Bauten gesäumt: Adelspaläste mit kunstvollen Balkonen, große Klöster und Kapellen, deren Glocken den neuen Tag einläuteten.

Überall herrschte reges Treiben. In den Werkstätten der Stadt klirrten Hämmer auf Metall, Färber tauchten ihre Stoffe in große Bottiche, und die Händler bereiteten ihre Waren für den Markttag vor.

Miklós ließ seinen Blick über die Stände schweifen:

- **Seidene Gewänder aus Venedig,**
- **Feine Teppiche aus dem Osmanischen Reich,**
- **Gewürze aus fernen Ländern – Zimt, Safran, Kardamom.**

Doch er hatte keine Zeit zu verweilen. Sein Weg führte ihn in die königliche Schatzkammer, wo er seine neuesten Arbeiten vorzeigen sollte: eine kunstvoll gefertigte **Goldkette mit Rubinbesatz**, eine **Brosche in Form eines Falken**, das Wappentier des Königreichs.

Der Schatzmeister betrachtete die Stücke genau, wog sie in den Händen. Dann nickte er anerkennend. „Der König wird zufrieden sein."

Der Mittag – Die Thermalbäder von Buda

Nach dem erfolgreichen Treffen zog es Miklós zur Entspannung in eines der berühmten **Thermalbäder** der Stadt. Die heißen Quellen des Gellértbergs speisten die luxuriösen Bäder, die mit kunstvollen Mosaiken verziert waren. Hier trafen sich nicht nur Adelige, sondern auch Gelehrte, Reisende und wohlhabende Kaufleute.

Das Wasser dampfte, als Miklós sich in das Becken gleiten ließ. Neben ihm diskutierten zwei Händler aus Ragusa über den neuesten Seidenimport. Ein Geistlicher erzählte von den Heilkräften des Wassers.

Die Stimmen hallten an den Marmorwänden wider, während das warme Wasser die Müdigkeit aus seinen Gliedern zog.

Der Nachmittag – Handel und Politik in Pest

Nach der Erholung machte sich Miklós auf den Weg über die Donau nach **Pest**, dem geschäftigen Zentrum des Handels. Hier war die Luft erfüllt von den

Rufen der Händler, die Stoffe, Lederwaren, frisches Obst und Wein anboten.

Der große **Marktplatz** war ein Schmelztiegel verschiedener Kulturen:

- **Ungarische Bauern**, die Käse und geräuchertes Fleisch verkauften,
- **Deutsche Kaufleute**, die feine Werkzeuge anboten,
- **Osmanische Händler**, die Seide und exotische Düfte feilboten.

Miklós trat in die **Werkstatt eines befreundeten Schmieds**, der gerade eine Klinge für einen Adligen anfertigte. „Kommst du heute zum Bankett?" fragte der Schmied.

„Ich denke darüber nach. Ich habe gehört, dass der König persönlich anwesend sein wird."

Das Bankett in der Burg würde prächtig werden – Speisen aus ganz Europa, Musik, Tänze, feines Geschirr aus Gold und Silber. Doch bis dahin gab es noch viel zu tun.

Der Abend – Ein königliches Fest

Die Nacht brach über Budapest herein, als die ersten Kutschen die Burg erreichten. Fackeln erleuchteten die gewaltigen Mauern, Diener eilten mit großen Tabletts durch die Hallen.

Im großen Bankettsaal war die Luft erfüllt vom Duft frisch gebratener Speisen:

- **Gerösteter Rehbock mit Rosmarin**
- **Gefüllte Pasteten mit Datteln und Mandeln**
- **Weißer Fisch in Safransauce**
- **Dicke Laibe Brot bestrichen mit frischer Butter**

Die Musikanten spielten mit Laute und Flöte auf, während die Gäste in ihren bestickten Gewändern Wein aus großen Kelchen tranken.

Miklós saß an einem der langen Tische, umgeben von Adligen, Geistlichen und wohlhabenden Kaufleuten. Er wusste, dass es bei diesen Festen nicht nur ums Essen ging – hier wurden Bündnisse geschlossen, Intrigen gesponnen, Geschäfte gemacht.

Er hörte den Gesprächen zu. „Die Osmanen rücken immer näher", sagte ein Mann in dunklem Brokat. „Es ist nur eine Frage der Zeit, bis sie Buda bedrohen."

Miklós schwieg. Er war ein Goldschmied, kein Soldat. Doch er wusste, dass die Welt um ihn herum sich veränderte.

Die Nacht – Die Donau im Mondlicht

Nach dem Fest trat er hinaus auf die Balkone der Burg und sah hinab auf die Donau. Im silbernen Mondlicht lag sie ruhig, doch er wusste, dass sie stets in Bewegung war – genau wie Budapest selbst.

Denn so war das Leben in **Budapest – zwischen Glanz, Handel und der unaufhörlichen Strömung der Donau.**

Dunaújváros (Ungarn)István Varga-Winzer

Dunaújváros (Ungarn), ein Tag im Jahr 1524

Dort, wo heute die Stadt Dunaújváros liegt, existierte im 16. Jahrhundert noch keine feste Siedlung. Stattdessen erstreckten sich über das Land verstreute Gehöfte, Weingärten und kleine Dörfer, die eng mit der Donau und dem fruchtbaren Boden verbunden waren. Der Weinbau hatte hier eine lange Tradition, denn das milde Klima und die mineralreichen Böden boten ideale Bedingungen für den Anbau edler Rebsorten. Die Weine aus dieser Region wurden bis nach Buda, Wien und weiter gehandelt, oft auf den Wasserwegen der Donau.

Doch die Lage war nicht ungefährlich. Nach der Schlacht bei Mohács im Jahr 1526 begann die osmanische Expansion, und die südlichen Landesteile Ungarns gerieten zunehmend unter türkische Kontrolle. Die Region um Dunaújváros lag im Grenzgebiet zwischen dem habsburgischen Ungarn und den osmanischen Besatzungen. Immer wieder durchzogen marodierende Truppen das Land, und viele Dörfer wurden niedergebrannt oder aufgegeben. Die Bauern lebten in ständiger Angst vor Überfällen, doch der Weinbau blieb ein fester Bestandteil der Region, selbst in diesen unruhigen Zeiten.

Klöster und Adelige spielten eine entscheidende Rolle in der Verwaltung der Weingärten. Besonders die Kirche profitierte vom Weinhandel, da er nicht nur als Handelsware, sondern auch als liturgisches Gut eine hohe Bedeutung hatte. Winzer und Händler mussten oft hohe Abgaben an ihre Lehnsherren zahlen, doch wer es schaffte, seine Weine bis in die großen Städte zu bringen, konnte sich eine gewisse Sicherheit erkaufen.

Hier lebte **István Varga**, ein erfahrener Winzer, dessen Leben von den Zyklen der Natur bestimmt wurde – und der wusste, dass eine gute Ernte nicht nur Geschick, sondern auch Glück erforderte.

Das Erwachen in den Weinbergen

István Varga, ein erfahrener Winzer, erwachte früh, als die ersten Sonnenstrahlen über die Donau krochen. Die kühle Morgenluft war erfüllt vom Duft feuchter Erde und der süßen Trauben, die bald geerntet werden sollten. Sein Haus, eine einfache, aber solide Holzhütte mit einem Dach aus Stroh, lag am Rand des Weinberges.

Er setzte sich auf die Bettkante, rieb sich den Schlaf aus den Augen und lauschte auf die Geräusche des Morgens – das entfernte Rufen eines Esels, das

Plätschern der Donau, das Rascheln der Blätter im Wind.

Seine Frau **Kata** hatte bereits ein einfaches Frühstück zubereitet:

- **Ein Stück frisches Roggenbrot mit Quark**
- **Getrocknete Pflaumen aus dem Garten**
- **Ein Krug dünnen Weines vom Vorjahr, vermischt mit Wasser**

„Es wird ein heißer Tag", sagte Kata, während sie das Brot in Scheiben schnitt. „Du solltest früh hinausgehen, bevor die Sonne zu hoch steht."

István nickte, zog seine einfache Leinenkleidung über und nahm seinen Weidenkorb mit den Werkzeugen. Heute war ein wichtiger Tag – die ersten Trauben sollten geerntet werden.

Der Morgen – Die Weinlese beginnt

Zusammen mit seinen Knechten und Nachbarn machte sich István an die Arbeit. Die Reihen der Rebstöcke erstreckten sich den Hang hinauf, ihr Laub glänzte im goldenen Licht der Morgensonne. Die Trauben hingen schwer an den Reben, prall und süß, bereit für die Ernte.

„Schneidet sie vorsichtig ab", rief er seinen Helfern zu. „Kein Drücken, kein Quetschen – wir wollen reinen Saft!"

Die Männer und Frauen arbeiteten schnell und geschickt. Die besten Trauben wurden in große Körbe gelegt, während minderwertige Früchte aussortiert wurden. Ein Teil der Ernte würde sofort gepresst, ein anderer zum Trocknen aufgehängt, um später als Rosinen oder für Süßweine verwendet zu werden.

Während sie arbeiteten, summten Bienen umher, angelockt vom süßen Duft des Safts, der bereits aus den gepflückten Trauben tropfte. Ein Trupp Bauern aus einer benachbarten Siedlung kam vorbei und grüßte freundlich. In der Erntezeit half man sich gegenseitig – denn die Trauben warteten nicht.

Am Fuße des Weinberges warteten bereits **Karren von Händlern**, die die ersten Fässer Wein nach Buda oder nach Győr bringen würden. Der Wein aus dieser Gegend war bekannt für seine kräftige Note, und so hoffte István, gute Preise für seinen Jahrgang zu erzielen.

Der Mittag – Die erste Pressung

Die Sonne stand nun hoch am Himmel, die Hitze flirrte über den Feldern. Es war Zeit für eine Pause. Unter einer großen Eiche breiteten die Helfer ein Tuch aus und teilten das Mittagsmahl:

- **Gulasch aus Bohnen und geräuchertem Paprika**
- **Frisches Fladenbrot**
- **Ein Krug junger, leichter Wein, kühl aus dem Weinkeller geholt**

István lehnte sich zurück und wischte sich den Schweiß von der Stirn. „Wenn der Herrgott uns wohlgesinnt ist, wird dies ein guter Jahrgang", sagte er zufrieden.

Nach der Rast ging es weiter zur Weinpresse. Die schweren Körbe wurden entleert, und die ersten Trauben kamen unter das große hölzerne Pressrad. Langsam begann der klare, rote Saft zu fließen, und die Helfer füllten ihn in große Fässer. Die ersten Tropfen wurden in einem Tonbecher aufgefangen und herumgereicht – ein ritueller Moment, der über die Qualität des Weines entschied.

„Kräftig und süß", stellte István fest. „Das wird ein guter Tropfen."

Der Nachmittag – Arbeit in der Taverne und der Handel

Nach der ersten Pressung brachte István einen Teil des frisch gepressten Mostes zur **Taverne der Siedlung**, wo er gegen Brot, Käse und geräucherten Speck eingetauscht wurde. Die kleine Schenke war der Treffpunkt für Händler, Bauern und Fischer, die hier Neuigkeiten austauschten.

„Hast du gehört? Die Osmanen dringen weiter nach Norden vor", sagte ein alter Mann am Tresen. „Es wird nicht mehr lange dauern, bis sie wieder vor Buda stehen."

István nahm einen Schluck seines eigenen Weines und schwieg. Politik war nicht sein Geschäft. Solange die Donau floss und der Wein reifte, hatte er genug Sorgen.

Er verhandelte mit einem **Händler aus Buda**, der seine Weine für einen Fürsten kaufen wollte. Nach zähen Verhandlungen einigten sie sich auf einen guten Preis – die **Fässer sollten in den kommenden Tagen auf einem Schiff donauaufwärts transportiert werden**.

Der Abend – Ein Fest nach der Ernte

Mit dem Einbruch der Dämmerung wurde ein kleines Erntefest gefeiert. Fackeln erhellten den Hof, Musikanten spielten auf Flöten und Trommeln, und die Helfer tranken den ersten jungen Wein. Kata hatte einen großen **Kessel mit Fischsuppe** gekocht, dazu gab es frisches Brot und Käse.

István saß auf einer Bank, sah seinen Kindern zu, die um das Feuer tanzten, und atmete tief durch. Ein guter Tag lag hinter ihm, doch die Arbeit war noch lange nicht vorbei. Morgen würde er wieder in den Weinberg gehen, wieder die Donau betrachten, wieder darauf hoffen, dass der nächste Jahrgang noch besser wurde.

Die Fässer mit dem jungen Wein standen bereit für ihre Reise donauaufwärts – nach Buda, nach Wien, vielleicht sogar bis nach Passau.

Denn so war das Leben eines **Weinbauern in den Siedlungen von Dunaújváros** – zwischen Erde, Reben und der unaufhörlichen Strömung der Donau.

Baja (Ungarn)Márk-Junge

Baja, ein Tag im Jahr 1524

Baja war im 16. Jahrhundert eine kleine, aber lebendige Handelsstadt an der Donau. Durch ihre Lage war sie ein wichtiger Umschlagplatz für Waren, die aus den südlichen Gebieten des Königreichs Ungarn und von den osmanisch kontrollierten Gebieten entlang der Donau kamen. Händler, Fischer und Bauern prägten das Stadtbild, und die engen Gassen rund um den Marktplatz waren erfüllt von den Rufen der Verkäufer, dem Klappern von Fuhrwerken und dem Geruch von frischem Fisch, Gewürzen und Brot.

Die Donau war die Lebensader der Stadt. Sie brachte nicht nur Händler, sondern auch Fähren, die Menschen und Waren über das Wasser setzten. Flussmühlen mahlten Getreide, das dann an die Bäcker von Baja geliefert wurde. Die Stadt war bekannt für ihre Fischer, die ihre Netze in den reichen Gewässern auswarfen und ihren Fang direkt auf den Märkten verkauften oder an größere Städte weiterlieferten.

Doch das Leben in Baja war nicht immer sicher. Nach der Schlacht bei Mohács 1526 geriet die Region unter osmanischen Einfluss, und über Jahrzehnte hinweg war die Stadt immer wieder von Truppen durchzogen, die ihre Spuren hinterließen. Viele Menschen flohen, andere passten sich an. Trotz aller Widrigkeiten blieb der Handel bestehen, denn die Donau ließ sich nicht aufhalten, und mit ihr kamen immer neue Waren, Menschen und Geschichten.

Hier lebte **Márk**, ein achtjähriger Junge, der die Stadt mit neugierigen Augen betrachtete – und an diesem Markttag zum ersten Mal die Welt der Händler, Fischer und Handwerker ganz für sich entdecken durfte.

Das Erwachen – Ein Tag voller Abenteuer

Márk wachte auf, als seine Mutter bereits die **erste Schale mit warmem Hirsebrei** auf den Tisch stellte. Seine kleinen Geschwister schliefen noch, und sein Vater war längst am Fluss, um mit den Fischern die Netze einzuholen. Er schlang hastig sein Frühstück hinunter, schnappte sich seinen kleinen Beutel mit ein paar Kupfermünzen und stürmte zur Tür hinaus.

„Bleib in den Hauptstraßen!", rief seine Mutter ihm hinterher. „Und bring frische Äpfel mit!"

Doch Márk hörte schon nicht mehr zu – draußen lockte das Abenteuer.

Der Morgen – Durch die Straßen von Baja

Die Stadt war lebendig. Überall riefen Händler ihre Waren aus:

- **„Frischer Fisch! Direkt aus der Donau!"**
- **„Süße Honigmelonen! Kommt und kostet!"**

- **„Wein aus Szekszárd! Der Beste in der ganzen Gegend!"**

Márk streifte durch die Marktstände, bestaunte die bunten Stoffe, roch das würzige Fleisch, das über den offenen Feuern brutzelte, und sah den Fischern zu, die ihre Fänge auf Holztischen ausbreiteten.

„Na, Márk! Ganz allein unterwegs?" rief ihm **János, der Bäcker**, zu. Márk mochte János – vor allem, weil er ihm manchmal **ein Stück warmes Brot schenkte**, wenn er artig war.

„Ja! Heute bin ich alt genug!", verkündete Márk stolz. János lachte und drückte ihm ein Stück Fladenbrot in die Hand. „Dann sei auch alt genug, um mir morgen zu helfen!"

Márk nickte, stopfte das Brot in seinen Mund und lief weiter.

Der Mittag – Ein unerwartetes Abenteuer

Am Hafen beobachtete Márk, wie die großen Boote beladen wurden. Säcke mit Getreide, Fässer voller Fisch, Weinfässer aus den Hügeln von Szekszárd. Er kletterte auf eine der Kisten und spähte neugierig über das geschäftige Treiben.

Doch plötzlich rief jemand: **„He, du da! Was machst du da oben?!"**

Erschrocken sprang Márk herunter und rannte los, quer über den Platz, durch eine enge Gasse – und fand sich plötzlich in einem Viertel wieder, das er nicht kannte.

Die Häuser waren alt, die Straßen still. Baja hatte viele enge Gassen, in denen man sich leicht verirren konnte. Viele Häuser waren aus Holz und mit Lehm verputzt, die Dächer mit Stroh gedeckt. Hinter einigen Höfen standen kleine Stallungen, in denen Hühner und Ziegen gehalten wurden.

Er hörte nur das entfernte Rufen der Händler und das Rauschen der Donau. **Er hatte sich verlaufen.**

Ein älterer Mann mit einem langen Mantel stand in einer Tür und beobachtete ihn. „Hast du dich verirrt, Junge?"

Márk nickte schüchtern. „Ich wollte nur den Hafen anschauen…"

Der Mann schmunzelte. „Dann komm. Ich bringe dich zurück."

Der Nachmittag – Zurück zum Markt

Der Mann stellte sich als **Ferenc, der Schriftgelehrte** vor. Während sie durch die Straßen liefen, zeigte er Márk, wo früher die Römer Handel trieben, wo einst eine alte Kapelle stand und wo die Händler aus dem Süden ihre Gewürze feilboten.

„Die Donau hat viele Geschichten zu erzählen", sagte Ferenc. „Aber man muss ihr zuhören."

Baja war schon lange ein Handelsort, an dem Menschen aus vielen Regionen zusammenkamen.

Händler brachten Waren aus Siebenbürgen, der Türkei und den deutschen Städten. Es gab Tavernen, in denen sich Reisende stärkten, und Werkstätten, in denen Holzfässer für den Wein gebaut wurden.

Als sie den Markt erreichten, winkte Márk ihm dankbar zu und rannte los. Seine Mutter würde schimpfen – aber das war es wert gewesen.

Der Abend – Zuhause mit Geschichten

Als Márk endlich nach Hause kam, hatte seine Mutter die Arme verschränkt. „Wo warst du so lange?!"

„Ich habe Baja entdeckt!", rief er begeistert. Und während er seine Äpfel auf den Tisch legte, erzählte er von den Schiffen, dem alten Mann und den Geschichten der Donau.

Sein Vater lachte und rieb ihm über den Kopf. „Na, vielleicht wirst du doch kein Fischer. Vielleicht wirst du eines Tages ein großer Geschichtenerzähler."

Márk grinste. Er wusste nicht, was er werden wollte. Aber er wusste, dass er morgen wieder auf den Markt gehen würde – denn Baja war voller Abenteuer.

Denn so war das Leben eines **Kindes in Baja – zwischen Markttreiben, Geschichten und der unaufhörlichen Strömung der Donau.**

Mohács (Ungarn)István Horváth-Fassbauer

Mohács, ein Tag im Jahr 1524

Mohács war im frühen 16. Jahrhundert eine bescheidene, aber bedeutende Handelsstadt an der Donau. Ihre Lage machte sie zu einem wichtigen Umschlagplatz für Waren, die über den Fluss transportiert wurden. Bauern aus der Umgebung brachten Getreide, Fischer verkauften ihren Fang, und Handwerker fertigten Waren für Händler, die sie flussaufwärts nach Buda oder Wien brachten. Die Donau war das Herz der Stadt, mit ihren Mühlen, Fährverbindungen und Märkten, die das tägliche Leben bestimmten.

Doch seit Jahren lag ein Schatten über Mohács. Die Osmanen drangen immer weiter in das ungarische Königreich vor, und die Gerüchte wurden von Monat zu Monat düsterer. Nach der Schlacht bei Mohács im Jahr 1526, in der König Ludwig II. fiel und das ungarische Heer vernichtend geschlagen wurde, wurde die Region zum umkämpften Gebiet zwischen Habsburgern und Osmanen. Die Stadt sah Plünderungen, Flüchtlingsströme und eine unsichere Zukunft. Viele Bewohner flohen, andere blieben und passten sich an die neue Herrschaft an.

Trotz der Bedrohung musste das tägliche Leben weitergehen. Die Mühlen am Fluss mahlten Getreide, die Märkte öffneten jeden Morgen, und das Klappern der Karren auf den Pflasterstraßen kündigte neue Waren an. Der Handel kam nie ganz zum Erliegen, denn selbst in unsicheren Zeiten brauchten die Menschen Brot, Stoffe und Werkzeuge. Händler fanden Wege, mit beiden Seiten Geschäfte zu machen, und das Flussufer blieb ein Dreh- und Angelpunkt des Geschehens.

Hier lebte **István Horváth**, ein Fassbauer, der nichts mit Kriegen oder Politik zu tun haben wollte – und doch nicht wusste, dass die Welt, wie er sie kannte, schon bald nicht mehr dieselbe sein würde.

Das Erwachen in einer Stadt am Rande des Ungewissen

István öffnete die Augen, als das erste Licht durch das kleine Fenster seines Hauses fiel. Der Geruch von frischem Holz und feuchtem Leim lag in der Luft. Draußen hörte er das Hämmern der Handwerker und das Klopfen von Schlägen auf den Planken, als Fischer ihre Boote an Land zogen. Das morgendliche Geräusch des Flusses war allgegenwärtig.

„Steh auf, István, die Arbeit wartet nicht."

Er setzte sich auf, zog sich sein grobes Leinenhemd über und wusch sich mit kaltem Wasser aus der Holzschüssel. Das Haus war klein, aber funktional. Die

Wände waren mit Handwerksgeräten, Brettern und gefärbten Stoffen bedeckt, die er für seine Arbeit benötigte. **Kata**, seine Frau, stellte ihm ein einfaches Frühstück hin:

- **Brot, grob und dunkel, mit Ziegenkäse**
- **Ein Stück geräuchertes Fleisch**
- **Ein Becher dünnes Bier, denn Wasser allein war nicht sicher zu trinken**

Er aß schweigend, während Kata mit den Kindern sprach. **Zsófia**, seine älteste Tochter, sollte ihm heute helfen. Sein Sohn, **Miklós**, war noch zu jung für die Werkstatt, doch bald würde er lernen müssen.

Der Morgen – Das Handwerk des Fassbaus

István trat aus dem Haus, und die kühle Morgenluft roch nach frischem Holz und Leim. Die Werkstatt lag am Rand der Donau, wo er mit seiner Arbeit begonnen hatte – Fassbau. Das große Wasserrad, das in den Fluss gehängt war, drehte sich langsam in der Strömung. Hier stellte er die großen Holzfässer her, die für den Transport von Wein, Salz und Getreide benötigt wurden.

„**Zsófia**, hilf mir, die fertigen Bretter zu transportieren."

Seine Tochter zog sich die Schürze enger und packte mit an. Sie war noch jung, aber geschickt. **István** wusste, dass sie bald heiraten würde und die

Werkstatt verlassen müsste – aber heute war sie noch seine Gehilfin.

Sie arbeiteten hart, bohrten die Löcher für die Dauben, schraubten die Fässer zusammen und überprüften, ob das Holz gut abgedichtet war. Der frische Duft des Holzes und der Leim, der langsam auszuhärten begann, erfüllte die Werkstatt. Sie arbeiteten in völliger Stille, unterbrochen nur von den Geräuschen des Flusses und dem gelegentlichen Ruf eines Kranichs.

Der Mittag – Zwischen Handel und Gerüchten

Als die Sonne ihren höchsten Punkt erreichte, legten sie eine Pause ein. In einer schattigen Ecke der Werkstatt teilten sie ein einfaches Mahl:

- **Dicke Suppe aus Bohnen und Speck**
- **Ein Laib Brot, hart und nahrhaft**
- **Ein Krug Wasser, mit einem Schuss Wein versetzt, um es haltbar zu machen**

Während sie aßen, kam **László**, ein Händler, vorbei. „Hast du gehört, **István**? Die Osmanen haben neue Truppen südlich der Donau stationiert."

István kaute langsam. „Sind sie schon hier?"

„Bisher nicht. Aber es dauert nicht mehr lange. **Buda** wird sich verteidigen müssen."

Zsófia sah ihren Vater besorgt an. „Werden wir fliehen müssen?"

István schüttelte den Kopf. „Mohács gehört zu Ungarn. Der Fluss hat uns immer beschützt. Er wird es wieder tun."

Doch in seinem Inneren war er sich nicht sicher.

Der Nachmittag – Das Fass für den Markt

Nach der Pause machte sich **István** mit **Zsófia** auf den Weg zum Markt. Sie schleppten die fertigen Fässer in einem Karren durch die belebten Straßen. Händler riefen ihre Waren aus:

- **Getreide aus den Ebenen Pannoniens!**
- **Gewürze aus dem fernen Süden!**
- **Fische frisch aus der Donau!**

István hatte viele Kunden – Bäcker, Tavernenbesitzer und sogar große Händler, die seine Fässer für den Transport von Wein und Öl benötigten. Doch heute schien jeder härter zu feilschen als sonst. Die Angst vor der Zukunft saß allen im Nacken. Wer wusste schon, ob der Handel in der nächsten Zeit weitergehen würde?

Als die Sonne sich langsam senkte, hatte er alles verkauft, aber zu niedrigeren Preisen als üblich. Es war besser, etwas Silber in der Hand zu haben, als auf eine ungewisse Zukunft zu warten.

Der Abend – Eine Stadt im Zwielicht

István kehrte mit **Zsófia** nach Hause zurück. Die Straßen waren leerer als sonst, die Menschen schlossen früher ihre Läden. Er trat in seine Hütte, wo **Kata** bereits einen Eintopf kochte. Der Duft von Majoran und Pfefferkraut hing in der Luft.

„Hast du alles verkauft?" fragte sie.

Er nickte. „Aber es wird schwerer. Die Menschen haben Angst."

Sie aßen schweigend. **Miklós** spielte mit einem Holzstück, **Zsófia** saß neben ihrer Mutter und flickte ein altes Hemd.

Draußen rauschte die Donau leise, unbeeindruckt von den Sorgen der Menschen. Sie war die einzige Konstante in dieser Stadt.

Als **István** später auf den Holzbalken vor seinem Haus saß und in die Dunkelheit blickte, fragte er sich, wie lange **Mohács** noch **Mohács** bleiben würde.

Denn so war das Leben eines Fassbauers in Mohács – zwischen Arbeit, Angst und der unaufhörlichen Strömung der Donau.

Novi Sad (Serbien)Tamás Bálint-Kaufmann

Novi Sad (Petrovaradin), ein Tag im Jahr 1524

Petrovaradin, das heutige Novi Sad, war im 16. Jahrhundert ein bedeutender strategischer Punkt an der Donau. Die Stadt lag tief im Königreich Ungarn, nahe der Grenze zum expandierenden Osmanischen Reich. Die Festung von Petrovaradin, auf einem Felsen hoch über dem Fluss erbaut, galt als eines der wichtigsten Bollwerke gegen die vorrückenden Türken. Ihre massiven Mauern sollten das ungarische Kernland schützen, doch die Bedrohung aus dem Süden wuchs mit jedem Jahr.

Die Stadt selbst war ein Schmelztiegel verschiedener Kulturen. Ungarn, Serben, Deutsche und Osmanen kreuzten hier ihre Wege, und der Handel blühte trotz der unsicheren Zeiten. Die Donau war eine der Hauptverbindungen zwischen Ost und West, und auf ihren Wasserwegen wurden Gewürze, Stoffe, Metalle und Getreide transportiert. Der Markt von Petrovaradin war ein geschäftiger Ort, an dem Händler aus allen Teilen des Landes ihre Waren anboten.

Doch die politische Lage blieb angespannt. Nach der Schlacht von Mohács im Jahr 1526 rückten die

Osmanen unaufhaltsam vor, und Petrovaradin wurde zu einem der letzten Außenposten des ungarischen Widerstands. 1526 fiel die Festung schließlich in die Hände der Osmanen und blieb für mehr als 150 Jahre unter ihrer Kontrolle. Während dieser Zeit veränderte sich das Stadtbild – Moscheen und Bäder entstanden, die Handelswege wurden unter osmanischer Verwaltung neu organisiert, und die Bevölkerung passte sich den neuen Herrschern an.

Hier lebte **Tamás Bálint**, ein angesehener Kaufmann, der wusste, dass in Petrovaradin nicht nur Waren, sondern auch Informationen die wertvollste Währung waren – und dass in Zeiten des Wandels jene überleben, die den richtigen Moment zum Handeln erkennen.

Das Erwachen in Petrovaradin

Tamás Bálint, ein angesehener Kaufmann, erwachte in seinem geräumigen Haus nahe dem Marktplatz. Sein Handel mit Salz, Fellen und feinen Stoffen hatte ihn wohlhabend gemacht. Doch mit dem Reichtum kamen auch Sorgen. Die Straßen waren nicht mehr so sicher wie einst, und in den Tavernen wurde immer häufiger von osmanischen Spähern und drohenden Kriegen gesprochen. Aber heute war ein neuer Handelstag – und **Tamás** hatte keine Zeit für düstere Gedanken.

Der Morgen – Aufbruch zum Marktplatz

Nach einem Frühstück zog **Tamás** sein bestes Gewand an – eine dunkle Weste aus feinem Tuch, ein breiter Ledergürtel mit seiner Börse und ein Mantel, um seine Stellung zu unterstreichen. Sein Knecht **Benedek** belud bereits die Karren mit den Waren, während seine Frau **Ilona** ihm noch einen frischen Apfel in die Hand drückte.

„Sei vorsichtig, Tamás", sagte sie leise. **„Die Zeiten werden rauer."**

Er nickte nur und machte sich auf den Weg zum großen Marktplatz, vorbei an kleinen Werkstätten, in denen Schmiede die ersten Hämmer schwangen und Tischler Bretter zurechtsägten. Der Platz füllte sich bereits mit Bauern, Fischern und Händlern, die ihre Stände aufbauten.

Das Frühstück – Einfache, aber nahrhafte Kost

Während der Morgen anbrach, genoss **Tamás** sein einfaches Frühstück, das von seiner Frau liebevoll zubereitet wurde:

- **Brot, Oliven und Schafskäse**
- **Ein Becher dünner Wein**

Der Vormittag – Handel und Verhandlungen

Tamás hatte seinen festen Standplatz in der Nähe der großen Handelsgilde, wo die wohlhabenderen

Kaufleute ihre Waren feilboten. Es war ein geschäftiger Morgen auf dem Marktplatz von **Petrovaradin**, und der Duft von frisch gebackenem Brot und geräuchertem Fisch lag in der Luft. **Tamás** hatte heute Salz dabei – das wertvolle Gut, das aus den Minen von Siebenbürgen kam und sowohl in den Städten entlang der Donau als auch im fernen Wien gefragt war. Salz war nicht nur für den Handel, sondern auch für den Erhalt von Lebensmitteln und die Konservierung von Fleisch unerlässlich, weshalb es ein begehrtes Gut war.

Sein Stand war gut besucht, aber ein Händler aus Venedig, der auf dem Weg nach Buda war, stach sofort ins Auge. Der Mann, der in einem langen, schweren Mantel gekleidet war und dessen Tuch von feinstem Material zeugte, trat mit einer Handvoll Salz in **Tamás'** Nähe.

„Euer Salz ist von guter Qualität", sagte der Venezianer, während er prüfend eine Handvoll zwischen den Fingern zerrieb und das Salz dabei fast andächtig betrachtete. „Doch der Preis ist hoch. Die Straßen sind gefährlich, und ich muss meine Eskorte bezahlen. Wie Ihr wisst, steigen die Transportkosten."

Tamás lächelte kühl und nickte. „Die Donau ist unser sicherster Weg, und meine Ware ist das Beste, was Ihr finden werdet. Wenn Ihr mir im Gegenzug Seide aus Ragusa liefert, kann ich Euch einen besseren Preis machen."

Der Venezianer betrachtete ihn einen Moment lang mit scharfem Blick und schien abzuwägen. Dann nickte er langsam. „Ich kann Euch diese Seide besorgen. Ragusa liefert hervorragende Stoffe. Aber Ihr wisst, der Weg dorthin ist nicht ohne Gefahren."

„Das ist wahr", antwortete **Tamás**, „aber solange die Donau fließt, ist der Handel sicher. Und Ihr wisst, dass Salz von hoher Qualität nicht lange unbemerkt bleibt."

Nach langem Hin und Her, in dem sie die Preise und Lieferbedingungen aushandelten, besiegelten sie den Handel schließlich mit einem Handschlag. **Tamás** würde die Seide aus Ragusa erhalten, und der Venezianer bekam sein Salz zu einem etwas besseren Preis als üblich. Ein Geschäft, das beiden Seiten Gewinn versprach – Salz gegen Seide, und der Handel mit der Zukunft war gesichert.

Der Mittag – Ein Blick auf die Festung

Nach Stunden des Handels gönnte sich **Tamás** eine Pause und stieg die steilen Pfade hinauf zur Festung Petrovaradin, die über der Stadt thronte. Von hier aus konnte er die gesamte Donau überblicken – die Boote der Händler, die Fähren, die Menschen, die an den Ufern ihre Netze flickten.

Doch er sah auch Reitertruppen in der Ferne. Ungarische Soldaten, die ihre Patrouillen verstärkten. Die Osmanen rückten näher, und jeder wusste es. Einige

Kaufleute sprachen bereits davon, ihre Waren nach Westen zu verlagern, nach Wien oder Passau, bevor es zu spät war.

Ein Hauptmann der Garnison, ein alter Bekannter von **Tamás**, trat neben ihn. „Ihr solltet Euch überlegen, Euer Geschäft zu verlegen, Kaufmann. Wenn Krieg kommt, fällt zuerst die Grenze."

Tamás schwieg einen Moment, dann schüttelte er den Kopf. „Solange die Donau fließt, gibt es Handel. Und solange es Handel gibt, bleibe ich hier."

Der Nachmittag – Das Geschäft mit der Zukunft

Zurück auf dem Marktplatz traf **Tamás** auf einen jungen serbischen Händler, **Dušan**, der mit ihm über Getreidelieferungen sprach. Petrovaradin war eine Stadt der Kulturen – Ungarn, Serben, Kroaten, sogar Türken kamen, um zu handeln.

„Die Ernte war schlecht dieses Jahr", sagte **Dušan**, während er einen Apfel kaute. „Wenn der Winter hart wird, wird Mehl teurer als Gold sein."

Tamás wusste, was das bedeutete. Die Preise würden steigen, doch mit ihnen auch die Not. Er kaufte trotzdem einige Säcke – wenn der Krieg käme, würde es jene geben, die bereit wären, jeden Preis für Brot zu zahlen.

Der Abend – Die Ungewissheit bleibt

Mit Sonnenuntergang kehrte **Tamás** heim. Er zählte seine Gewinne, doch er wusste, dass Silber wenig wert war, wenn die Stadt fiel.

Am Abend saß er mit **Ilona** vor dem Feuer, trank einen Becher Wein und lauschte den Gesprächen draußen. Die Männer in der Schenke sprachen von Krieg, von Reichtümern, von Flucht.

Ilona legte eine Hand auf seine. „Vielleicht hat der Hauptmann recht, **Tamás**. Vielleicht sollten wir gehen."

Er sah sie lange an, dann schüttelte er langsam den Kopf. „Ich bin ein Kaufmann. Die Donau bringt Gefahr – aber auch Chancen. Ich bleibe."

Später lag er wach und lauschte den Geräuschen der Stadt. Die Donau rauschte leise, die Boote klatschten gegen die Uferpfähle, irgendwo lachte ein Betrunkener in der Ferne. Petrovaradin war noch immer lebendig, noch immer stark.

Doch wie lange noch?

Denn so war das Leben eines **Kaufmanns in Petrovaradin – zwischen Handel, Angst und der unaufhörlichen Strömung der Donau.**

Belgrad (Serbien)Iskender Effendi-osmanischer Beamter

Belgrad, ein Tag im Jahr 1524

Belgrad war im frühen 16. Jahrhundert eine der umkämpftesten Städte Europas. Ihre Lage an der Mündung der Save in die Donau machte sie zu einem strategischen Schlüsselpunkt zwischen dem ungarischen Königreich, den habsburgischen Territorien und dem expandierenden Osmanischen Reich. Über Jahrhunderte war die Stadt eine wichtige Grenzfestung des ungarischen Königreichs gewesen, doch 1521 fiel sie nach einer schweren Belagerung an die Osmanen. Sultan Süleyman der Prächtige ließ die Festung ausbauen und machte Belgrad zu einer der wichtigsten Garnisonsstädte des Osmanischen Reiches auf dem Balkan.

Die Stadt veränderte sich schnell unter der neuen Herrschaft. Die katholischen Kirchen wurden in Moscheen umgewandelt, und osmanische Beamte und Soldaten siedelten sich an. Gleichzeitig blieb Belgrad eine multikulturelle Stadt: Serbische Kaufleute, jüdische Händler und christliche Handwerker lebten weiterhin in ihren Vierteln, während osmanische Händler, Handwerker und Verwaltungsbeamte das städtische Leben zunehmend prägten. Der Bazar von Belgrad blühte, und die Stadt wurde zu einem wichtigen Handelszentrum zwischen Europa und dem Osmanischen Reich.

Die Donau war dabei die Lebensader der Stadt. Über sie kamen Waren aus Wien, Budapest und weiter entfernten Gebieten, während osmanische Händler ihre Gewürze, Stoffe und Metallwaren über dieselben Wasserwege nach Westen brachten. Die neue Verwaltung war streng organisiert – Steuern wurden erhoben, Handelsrouten überwacht, und die Stadt wurde zu einem Bollwerk, das die Expansion des Reiches weiter vorantreiben sollte.

Hier lebte **Iskender Effendi**, ein osmanischer Beamter, dessen Feder ebenso scharf sein konnte wie das Schwert eines Janitscharen – und der wusste, dass in einer Stadt wie Belgrad nicht nur Macht, sondern auch Geschick über das Schicksal eines Mannes entschied.

Das Erwachen und die Morgentoilette

Iskender erhob sich von seinem einfachen, aber sauberen Lager. Sein Haus lag nahe am **Großen Basar**, nicht weit von der **Donau-Moschee**, die nach der Eroberung aus einer ehemaligen Kirche umgebaut worden war. Er zog sich ein schlichtes Gewand aus feiner Wolle über, wuschte Gesicht und Hände in einer Kupferschale mit kühlem Wasser und verrichtete das Morgengebet. Danach setzte er sich zum Frühstück.

Seine Haushälterin, eine ältere serbische Frau namens **Jelena**, stellte ihm eine einfache Mahlzeit hin:

- **Fladenbrot mit Honig**
- **Oliven und Schafskäse**
- **Einen Becher warmen, gewürzten Tee**

„Euer Mantel ist gereinigt, Effendi", sagte Jelena und legte ihm den bestickten Umhang über den Stuhl. Er nickte dankbar und schnallte sich seinen schmalen Dolch um – nicht zur Verteidigung, sondern als Zeichen seines Ranges.

Der Morgen – Amtsgeschäfte und Kontrolle des Hafens

Sein erster Gang führte ihn zur **Diwan-Versammlung**, dem Verwaltungsrat der Stadt. Hier trafen sich die wichtigen osmanischen Beamten: der **Beylerbey**, der oberste Statthalter, die Militärführer und die Steuerbeamten. Heute standen zwei große Themen an: die Steuererhebung in den serbischen Dörfern und die Kontrolle der **Händler auf der Donau**.

„Die Karawanen mit Weizen aus Ungarn sind sicher angekommen", berichtete ein Offizier. „Doch einige Händler verweigern die neue Steuer."

Iskender machte sich Notizen auf einer kleinen Wachstafel. Er würde sich selbst ein Bild vom Hafen machen.

Nach der Sitzung verließ er den Palast und schritt durch die engen Gassen hinunter zum Fluss. Der Hafen von Belgrad war belebt: Boote aus Buda, Schiffe aus Konstantinopel, hölzerne Lastkähne aus Serbien und Rumänien. **Händler riefen ihre Preise aus, Männer schleppten Getreidesäcke, Gewürze, Felle und Weinfässer.**

„Wer von euch handelt ohne Genehmigung?" fragte er streng, als er an den Ständen entlangschritt. Einige Händler senkten die Köpfe, doch ein junger Serbe trat vor.

„Effendi, wir haben die Steuer nicht verweigert – wir haben nur darum gebeten, dass sie erst nach der Ernte fällig wird!"

Iskender kannte das Problem. Die Osmanen brachten eine strenge, aber oft auch effiziente Verwaltung. Doch sie mussten klug vorgehen, um die Menschen nicht gegen sich aufzubringen.

„Gut, ich werde den Diwan bitten, die Frist um zwei Monate zu verlängern. Aber dann erwarte ich eure Zahlung."

Der Händler verneigte sich tief. „Möge Allah Euch segnen, Effendi."

Der Mittag – Ein Essen im Basar

Zur Mittagszeit zog sich Iskender in die schattigen Gassen des Basars zurück. Die Händler hatten ihre Stände unter bunten Tüchern aufgeschlagen, es duftete nach **gegrilltem Lamm, Zimt und gerösteten Nüs-**

sen. In einer kleinen Schenke bestellte er sich eine einfache Mahlzeit:

- **Eine Schüssel Linsensuppe mit Kreuzkümmel**
- **Ein Fladenbrot mit Sesam**
- **Dazu ein Glas süßer Dattelsaft**

Während er aß, beobachtete er die Menschen. Die Bevölkerung hatte sich verändert. Viele ungarische Adlige hatten nach der Eroberung die Stadt verlassen, doch Serben, Griechen und Armenier blieben. Die Osmanen hatten auch **türkische Siedler** angesiedelt, die das Straßenbild mit ihren Gewändern und Turbanen prägten.

Er wusste, dass Belgrad sich in den kommenden Jahrzehnten völlig verändern würde.

Der Nachmittag – Ein Besuch bei den Handwerkern

Am Nachmittag inspizierte Iskender die **Werkstätten der Kupferschmiede**, die Kessel, Teller und Lampen für die Moscheen und Paläste herstellten. In einer der Werkstätten fand er einen alten serbischen Meister, **Radovan**, der mit ruhiger Hand feine Ornamente in eine Teekanne trieb.

„Die Stadt verändert sich, Effendi", sagte der Schmied, ohne von seiner Arbeit aufzusehen. „Früher habe ich Kelche für die Kirchen gemacht. Jetzt sind es Lampen für die Moscheen."

Iskender wusste, dass viele mit Wehmut auf die alten Zeiten blickten. „Aber du schmiedest immer noch, Radovan. Und deine Arbeit wird überall geschätzt."

Der Mann nickte. „Solange ich Kupfer habe, kann ich arbeiten."

Der Abend – Heimkehr mit Blick auf die Donau

Als die Sonne hinter den Hügeln verschwand, kehrte Iskender nach Hause zurück. Jelena hatte bereits einen **Eintopf aus Kichererbsen, Auberginen und Lammfleisch** vorbereitet, dazu **Feigen und Fladenbrot**.

Während er aß, dachte er über den Tag nach. **Belgrad war nicht mehr das Belgrad der Ungarn. Aber es war auch bis jetzt nicht vollständig osmanisch.** Die Stadt stand an der Schwelle zweier Welten.

Als er später auf den Balkonen des Palastes stand und auf die dunkle, mächtige Donau hinabblickte, wusste er, dass seine Arbeit noch lange nicht getan war.

Denn so war das Leben eines **osmanischen Beamten in Belgrad – zwischen Verwaltung, Politik und der unaufhörlichen Strömung der Donau.**

Smederevo (Serbien)Mehmet Çelebi-Proviantmeister

Smederevo, ein Tag im Jahr 1524

Smederevo war im 16. Jahrhundert eine der wichtigsten osmanischen Festungen entlang der Donau. Ursprünglich die Hauptstadt des serbischen Despotats, wurde die Stadt 1459 endgültig von den Osmanen erobert, womit das serbische Reich aufhörte zu existieren. Seitdem diente Smederevo als militärischer Stützpunkt und Verwaltungszentrum in der osmanischen Provinz Rumelien. Die mächtige Festung, die von Despot Đurađ Branković errichtet worden war, blieb das Herz der Stadt und wurde unter osmanischer Herrschaft weiter ausgebaut.

Die Lage an der Donau machte Smederevo zu einem strategischen Punkt für den Waren- und Truppentransport zwischen Belgrad und den südlichen Provinzen des Osmanischen Reiches. Über den Fluss gelangten Proviant, Waffen und Baumaterialien in die Garnison, während Händler aus dem osmanischen Balkan, aus Ungarn und aus weiter entfernten Gebieten auf den Märkten der Stadt ihre Waren feilboten.

Das Leben in Smederevo war stark von der osmanischen Militärverwaltung geprägt. Neben der Garnison lebten hier muslimische Beamte, Handwerker und Händler, doch auch viele Serben blieben in der Stadt, arbeiteten als Bauern oder Handwerker und zahlten Steuern an die neuen Herrscher. Moscheen, Bäder und Karawansereien entstanden, während die orthodoxe Bevölkerung ihre Religion weiter ausübte, wenngleich unter strenger Kontrolle der osmanischen Verwaltung.

Hier lebte Mehmet Çelebi, der Proviantmeister der Garnison, dessen Aufgabe es war, die Stadt und ihre Truppen mit allem Lebensnotwendigen zu versorgen – und der wusste, dass in einer Festung wie Smederevo nicht nur Waffen, sondern auch Vorräte über Sieg oder Niederlage entschieden.

Mehmet Çelebi, der Proviantmeister der Garnison, wachte mit dem ersten Ruf des Muezzins auf. Sein Tag würde, wie jeder Tag in der Festung, von Verantwortung, Ordnung und Zahlen bestimmt werden. **Smederevo war nicht nur eine Festung, sondern eine logistische Drehscheibe für die osmanischen Armeen** – hier wurden Getreide, Salz, Fleisch, Waffen und Ausrüstung für Soldaten gelagert und verwaltet. Als Proviantmeister lag es in Mehmeds Hand, sicherzustellen, dass die Vorräte nicht nur reichten, sondern auch gerecht verteilt wurden.

Das Erwachen und die Morgentoilette

Mehmed erhob sich von seinem einfachen Strohlager. Sein Quartier lag innerhalb der Festungsmauern, unweit der großen Vorratslager, wo Getreide in massiven Steinbauten untergebracht war. Er wusch sich an einer Tonwasserschale, reinigte sein Gesicht und seine Hände und verrichtete das Morgengebet. Danach zog er sich seine schlichte, aber funktionale Kleidung an: eine lange Tunika aus dunklem Wollstoff, einen breiten Gürtel mit seinem Siegelring – das Zeichen seiner Autorität als Verwalter – und eine Pelzkappe, um sich vor dem kühlen Wind vom Fluss zu schützen.

Das Frühstück war einfach, aber nahrhaft:

- **Ein Stück Fladenbrot mit Sesam**
- **Ziegenkäse und getrocknete Feigen**
- **Ein Becher heißer, gewürzter Tee**

Während er aß, überprüfte er bereits erste Listen der Lieferungen, die heute eintreffen sollten. Ein Kornschiff aus Vidin wurde erwartet, ebenso ein Transport mit Pfeilspitzen aus Belgrad.

Der Morgen – Die Versorgung der Garnison

Nach dem Frühstück machte sich Mehmed auf den Weg zu den Vorratslagern. Die gewaltigen Holztore knarrten, als die Wachen sie öffneten. In den Lagerräumen türmten sich Säcke mit Mehl, getrocknetem Fleisch und Fässer mit eingelegtem Gemüse. Hier wurde nichts dem Zufall überlassen – eine schlecht verwaltete Garnison konnte innerhalb weniger Wochen an Hunger und Krankheit zugrunde gehen.

„Wie viel Getreide haben wir noch?" fragte er seinen Gehilfen **Hasan**.

„Genug für sechs Wochen, Effendi. Aber der letzte Transport aus Buda ist bisher nicht eingetroffen."

Mehmed runzelte die Stirn. Verzögerungen waren gefährlich. Wenn die ungarischen Gebiete sich weiter destabilisierten, könnten die Handelsrouten unterbrochen werden. Er beschloss, am Nachmittag einen Boten zum Diwan in Belgrad zu schicken, um Klarheit über die Lage zu erhalten.

Der Vormittag – Inspektion der Festung

Nachdem er die Vorräte überprüft hatte, machte sich Mehmed auf den Weg durch die Festung. Die gewaltigen Mauern, die einst von **Despot Đurađ Branković** errichtet wurden, waren noch immer beeindruckend. Die Türme ragten hoch auf, von ihnen aus konnte man weit über die Donau und das Umland blicken. **Die Garnison bestand aus rund 2.000 Soldaten**, darunter Janitscharen, berittene Späher und örtliche Truppen.

Am Haupttor begegnete er **Bali Bey**, dem militärischen Befehlshaber. „Effendi Mehmed, wie steht es mit der Versorgung?"

„Die Vorräte reichen, aber wir müssen die nächste Lieferung aus Buda im Auge behalten."

Bali Bey nickte ernst. „Smederevo darf nicht geschwächt werden. Die Ungarn mögen derzeit zersplittert sein, aber sie sind nicht besiegt. Wir müssen jederzeit bereit sein."

Der Mittag – Eine Mahlzeit unter Soldaten

Zur Mittagszeit zog sich Mehmed ins Offiziershaus zurück, wo er mit einigen hochrangigen Soldaten aß. Die Mahlzeit war einfach, aber kräftigend:

- **Eine dicke Brühe mit Bohnen und getrocknetem Fleisch**
- **Ein Stück gegrilltes Lammfleisch**
- **Fladenbrot mit eingelegtem Gemüse**

Während sie aßen, diskutierten die Offiziere über die Lage. Mehmed hörte aufmerksam zu. **Smederevo war sicher, aber wie lange noch?**

Der Nachmittag – Die Werften an der Donau

Nach dem Essen machte sich Mehmed auf zum Flussufer. **In Smederevo gab es Schiffswerften, in denen osmanische Flussschiffe gebaut und repariert wurden.** Hier arbeiteten serbische Handwerker, die sich den neuen Herren angepasst hatten. Große Holzbalken wurden mit Teer versiegelt, Segel genäht, und Schmiede schlugen Nägel und Bolzen zurecht.

„Wie lange bis das nächste Schiff fertig ist?", fragte Mehmed den Schiffsbauer **Radoje**.

„Wenn das Wetter hält, drei Wochen, Effendi."

Mehmed nickte. Die Donau war nicht nur eine Grenze, sondern auch eine Versorgungsader. Wer sie kontrollierte, kontrollierte den Krieg.

Der Abend – Rückkehr zur Festung

Mit Einbruch der Dunkelheit kehrte Mehmed in die Festung zurück. In den Unterkünften der Soldaten wurde gelacht und geredet, während die Schmiede weiterhin an Waffen arbeiteten. Seine Haushälterin hatte bereits ein einfaches Abendessen vorbereitet:

- **Ein Eintopf aus Weizen, Wurzelgemüse und Hammelfleisch**
- **Ein Laib Brot und ein Stück Käse**
- **Ein Glas warmen Honigwein**

Während er aß, dachte Mehmed über den Tag nach. **Smederevo war kein gewöhnlicher Ort – es war ein Schlüssel zu den osmanischen Besitzungen an der Donau. Solange die Festung stand, blieb das Reich geschützt.**

Später, als er auf den Mauern stand und den Blick über den stillen Fluss schweifen ließ, wusste er, dass seine Arbeit noch lange nicht getan war.

Denn so war das Leben eines **Proviantmeisters in Smederevo – zwischen Ordnung, Kriegsgefahr und der unaufhörlichen Strömung der Donau.**

Drobeta-Turnu Severin (Rumänien)Radu Basarab-Bojar

Drobeta-Turnu Severin, ein Tag im Jahr 1524

Drobeta-Turnu Severin war im 16. Jahrhundert ein strategisch wichtiger Ort an der Donau, geprägt von seiner langen Geschichte als römischer Grenzposten und später als Teil des Fürstentums der Walachei. Die Ruinen der Trajansbrücke erinnerten noch an die Zeit, als die Römer hier ihre Legionen über den Fluss führten, um die Daker zu erobern. Doch die römischen Mauern waren längst zerfallen, und an ihrer Stelle wachte nun eine neue Generation von Herrschern über die Stadt.

Im frühen 16. Jahrhundert stand die Walachei unter starkem osmanischem Einfluss, doch sie war kein direktes osmanisches Gebiet. Stattdessen regierten die Wojwoden als Vasallen des Sultans, zahlten Tributzahlungen nach Konstantinopel und sicherten dem Osmanischen Reich die Kontrolle über die wichtigen Handelsrouten entlang der Donau. Drobeta war eine der Städte, die von diesem Status besonders geprägt war: Sie war Grenzstadt, Militärposten und Handelsplatz zugleich.

Die Donau war die Lebensader der Stadt. Hier wurden Getreide, Honig, Vieh und Pelze aus den weiten Ebenen der Walachei verschifft, während Händler aus dem Osmanischen Reich, Ungarn und sogar Venedig ihre Waren feilboten. Bojaren wie Radu Basarab kontrollierten weite Ländereien und hatten eine zwiespältige Rolle – sie mussten sich zwischen den Osmanen, den ungarischen Adligen und ihren eigenen politischen Ambitionen behaupten. Manche kooperierten mit den Osmanen, andere versuchten, die walachische Autonomie zu bewahren, indem sie Bündnisse mit Ungarn oder Polen schlossen.

Doch das Leben in Drobeta war nicht nur von Politik geprägt. Die Stadt war ein Knotenpunkt der Kulturen, wo orthodoxe Kirchen neben Moscheen standen, und wo Kaufleute in Tavernen mit Sprachen aus ganz Europa und dem Nahen Osten feilschten. Die Grenzen waren durchlässig – für Waren, für Ideen und manchmal auch für Krieger, die auf ihrem Weg nach Norden oder Süden durch die Stadt zogen.

Hier lebte **Radu Basarab**, ein angesehener **Bojar,** dessen Familie über Generationen hinweg für ihre Macht und ihren Einfluss gekämpft hatte – und der wusste, dass in Zeiten wie diesen nicht die Schwerter, sondern die Verhandlungen über das Schicksal der Walachei entschieden.

Das Erwachen und die Morgentoilette

Radu zog sich langsam aus seinem schweren Bett aus dunklem Eichenholz. Der Raum war kühl, die Nacht hatte einen feinen Schleier aus Dunst über die Stadt gelegt. Diener trugen ihm eine Waschschale mit lauwarmem Wasser und ein Leinentuch. Er rieb sein Gesicht ab, fuhr sich mit den Fingern durch das dichte Haar und trat ans Fenster.

Seine Ländereien erstreckten sich bis zum Fluss, wo Fischer ihre Netze einholten und Händlerkarren über die alten römischen Straßen polterten. Auf der anderen Seite des Flusses lag **Vidin**, osmanisch kontrolliert, doch Handelspartner seit Jahrzehnten.

Sein Frühstück war eine einfache, aber gehaltvolle Mahlzeit:

- **Geröstetes Brot mit Knoblauch und Schafskäse**
- **Ein Teller Hirsebrei mit Honig und Nüssen**
- **Ein Becher dunkler Wein, verdünnt mit Wasser**

Während er aß, brachte ihm sein Verwalter **Ionel** die Neuigkeiten des Morgens.

„Ein osmanischer Gesandter ist in der Stadt, Bojar. Er bittet um eine Audienz."

Radu legte das Brot beiseite und nickte. „Dann soll er mich in meiner Halle erwarten."

Der Morgen – Die Verhandlungen mit dem Osmanischen Reich

Die große Halle des Anwesens war kühl und schattig, mit Wandteppichen, die das Leben der Ahnen zeigten – Jagdszenen, Schlachten, alte Hochzeiten. Radu nahm auf seinem geschnitzten Stuhl Platz, während der osmanische Gesandte eintrat.

Es war **Mustafa Effendi**, ein Kaufmann und Unterhändler aus Nikopolis. Die Osmanen forderten höhere Abgaben für den Salz- und Weinhandel, den Radu über die Donau betrieb. Die walachischen Bojaren hatten Autonomie, aber sie waren nicht frei – die Tribute an den Sultan waren eine ständige Erinnerung daran.

„Ihr habt gute Weine, Bojar", sagte Mustafa lächelnd, während er einen Becher hob. „Doch die Karawanen müssen sicher sein. Eine zusätzliche Abgabe könnte das garantieren."

Radu lehnte sich zurück. „Eine zusätzliche Abgabe oder ein Vorwand, unsere Gewinne zu schmälern?"

Die Verhandlungen dauerten den ganzen Vormittag. Schließlich einigten sie sich – die Abgabe wurde nur für neu eingeführte Waren erhöht, nicht für bestehende Geschäfte. Ein Sieg, wenn auch ein kleiner.

Der Mittag – Ein Mahl auf der Terrasse

Nach den zähen Gesprächen zog sich Radu mit seinen engsten Beratern auf die Terrasse zurück. Dort, mit Blick auf die Donau, wurde aufgetischt:

- **Eine Suppe aus Linsen und Wildkräutern**
- **Geräuchertes Hammelfleisch mit eingelegtem Gemüse**
- **Ein Laib dunkles Roggenbrot mit Schmalz und Zwiebeln**
- **Ein Becher Himbeerwein**

Während sie aßen, beobachtete Radu die Boote auf der Donau. Händler aus Siebenbürgen, Osmanen, Griechen, Bulgaren – die Stadt lebte vom Fluss.

„Die Osmanen werden nicht ewig hier sein", sagte sein Verwalter Ionel leise. „Und wenn doch?", entgegnete Radu. „Wir passen uns an, so wie die Donau sich den Ufern anpasst."

Der Nachmittag – Ein Besuch an der Trajansbrücke

Nach dem Essen ließ Radu sich sein Pferd satteln und ritt mit zwei Begleitern zu den **Ruinen der Trajansbrücke**. Er war ein Bojar, aber er war auch ein Mann der Geschichte. Die Römer hatten diese Brücke erbaut, um Dacia zu erobern – ein Beweis, dass Imperien kamen und gingen, aber die Donau blieb.

Er hielt sein Pferd an und blickte über das Wasser. Die Steinpfeiler der alten Brücke ragten noch immer aus dem Fluss, von Wind und Wasser gezeichnet. Ein **alter Hirte**, der in der Nähe seine Schafe weidete, trat näher.

„Die Brücke stand einst fest und mächtig, Bojar. Nun ist sie nur noch Erinnerung."

Radu nickte. „Doch die Donau fließt weiter."

Der Abend – Ein Fest im Bojarenhaus

Als die Sonne sank, kehrte Radu zurück in seine Residenz. Heute war ein besonderer Abend – seine Familie empfing Gäste aus Craiova und Târgu Jiu. Der große Saal war erleuchtet, die Tische mit den besten Speisen bedeckt:

- **Wildschweinbraten mit Honig und Walnüssen**
- **Frisch gebackenes Weißbrot mit Schafskäse**
- **Gebackene Äpfel mit Zimt und Honig**
- **Krüge mit dunklem Walachischen Wein**

Es wurde gelacht, musiziert, Geschichten erzählt. Die Welt draußen, die Politik, die Osmanen – für einen Moment zählte nur das Hier und Jetzt.

Die Nacht – Gedanken an die Zukunft

Als die Gäste gegangen waren, trat Radu noch einmal hinaus in den Hof. Der Mond spiegelte sich in der Donau, und der Wind trug den Geruch von Holzrauch und feuchter Erde.

Er wusste, dass die Welt sich weiter verändern würde. Doch er war ein Bojar. Sein Platz war hier, an diesem Fluss, mit seinen Ländereien und seinem Volk.

Denn so war das Leben eines **Bojaren in Drobeta-Turnu Severin – zwischen alten Mauern, neuen Herrschern und der unaufhörlichen Strömung der Donau.**

Vidin (Bulgarien)Ali Pasha-Stadthalter

Vidin, ein Tag im Jahr 1524

Vidin war im Jahr 1524 eine Stadt voller Gegensätze. Gelegen am westlichen Rand des Osmanischen Reiches, war sie eine der letzten Bastionen auf dem Weg nach Ungarn. Seit über einem Jahrhundert unter osmanischer Herrschaft, hatte sie sich in eine Garnisonsstadt verwandelt, doch ihr Herz schlug immer noch im Rhythmus des Handels. Die Festung Baba Vida ragte über der Donau, ihre Mauern standen noch aus der Zeit der bulgarischen Zaren, doch nun wehten die Fahnen des Sultans über den Türmen.

In den Gassen sprach man Türkisch, Bulgarisch, Griechisch und Serbisch durcheinander. Händler aus Konstantinopel und Thessaloniki brachten feine Stoffe und Gewürze, während die Bauern aus den umliegenden Dörfern mit Getreide, Honig und Wein zum Markt kamen. Doch über allem lag eine unausgesprochene Spannung – die Angst vor einem Krieg, den jeder kommen sah, aber niemand aussprechen wollte. Die Osmanen hatten ihre Blicke längst auf das ungarische Königreich gerichtet. Wie lange würde es dauern, bis sich ihre Heere in Bewegung setzten?

Hier lebte **Ali Pasha**, der Statthalter von Vidin, dessen Entscheidungen über Handel, Frieden und

146

Krieg bestimmten – und der wusste, dass das Schicksal seiner Stadt bald auf die Probe gestellt werden würde

Das Erwachen in der Festungsstadt

Die ersten Sonnenstrahlen glitten über die Donau, tauchten das Wasser in flirrendes Gold und weckten das geschäftige Treiben der Stadt. Der Ruf des Muezzins hallte von den Minaretten, während in den orthodoxen Kirchen leise Gebete gesprochen wurden.

Ali Pasha, der Statthalter von Vidin, erwachte mit einem unruhigen Gefühl. Die letzten Nächte hatte er kaum geschlafen – zu viele Berichte aus Belgrad, zu viele Gerüchte über ungarische Truppenbewegungen jenseits der Donau. Die Habsburger mischten sich in ungarische Angelegenheiten ein, und es hieß, König Ludwig II. rüstete sich für den Kampf.

Er erhob sich, ließ sich mit kaltem Wasser waschen und setzte sich zum Frühstück:

- Fladenbrot mit Joghurt und Oliven
- Datteln und Mandeln
- Ein Becher starker Mokka

Während er aß, trat sein Berater Selim Bey ein. „Mein Herr, es gibt Neuigkeiten aus der Walachei. Unser Späher berichtet, dass Radu Paisie mit den Ungarn verhandelt. Es könnte sein, dass er ihnen Truppen anbietet."

Ali Pasha seufzte. Er hatte es geahnt. Die Walachei war ein unsteter Verbündeter – manchmal Osmanen, manchmal Habsburger, immer auf der Suche nach dem besten Vorteil. „Sollen wir Truppen entsenden?"

Selim Bey zögerte. „Noch nicht. Der Sultan will keine voreiligen Schritte. Aber wir sollen wachsam bleiben."

Ali Pasha nickte. Er wusste, was das bedeutete. Es war nur eine Frage der Zeit.

Der Morgen – Ein Markt voller Leben

Er verließ den Palast und ritt mit seinen Janitscharen zum Markt. Der große Basar von Vidin war das Herz der Stadt. Händler riefen ihre Waren aus, Gewürze aus Anatolien dufteten in der Luft, jüdische Kaufleute aus Ragusa verhandelten mit venezianischen Händlern über fein gewebte Stoffe.

Ein bulgarischer Bauer trat vor ihn und verneigte sich tief. „Mein Herr, ich bringe Euch die besten Äpfel dieses Jahres. Die Gärten südlich der Donau tragen gut."

Ali Pasha nahm eine der Früchte entgegen, biss hinein. Süß und saftig. Er lächelte. Solange die Märkte von Vidin florierten, war seine Stadt sicher.

Doch am Rande des Marktes bemerkte er zwei Männer, die sich hastig unterhielten, dann auseinanderstoben. Seine Augen verengten sich. Spione? Agenten der Habsburger? Oder nur einfache Diebe?

Er wandte sich an seinen Hauptmann. „Schickt mir einen Mann, der sie im Auge behält. Ich will wissen, wer sie sind."

Der Mittag – Spannungen in der Stadt

Als die Sonne ihren höchsten Punkt erreichte, zog sich Ali Pasha in den Garten seines Palastes zurück. Das Summen der Insekten mischte sich mit dem entfernten Lärm der Stadt.

Ein Bote erschien, mit Staub bedeckt von der langen Reise aus Belgrad. Er überreichte ein versiegeltes Schreiben.

Ali Pasha öffnete es und las die knappen Worte:

König Ludwig II. hat die Türkensteuer für Händler in Ungarn erhöht. Die Karawanen klagen. Unsere Kaufleute verlangen Schutz.

Ali Pasha lehnte sich zurück. Es war ein kleiner Schritt, aber einer, der den Druck erhöhte. Die Ungarn wussten, dass der Sultan sie im Blick hatte – und doch reizten sie ihn weiter.

„Selim Bey," sagte er ruhig, „sorge dafür, dass wir diese Steuer nicht unbeantwortet lassen. Vielleicht sollte eine Karawane auf dem Weg nach Ungarn... Probleme bekommen."

Der Nachmittag – Das Schwert und das Gold

Während seine Männer die Anweisungen umsetzten, ließ sich Ali Pasha durch die Straßen führen. Er sprach mit den Ältesten der Stadt, mit den Geistlichen, mit den Kaufleuten. Eine Stadt wie Vidin war nur so stabil wie das Netzwerk, das sie zusammenhielt.

Dann, am Tor der Festung Baba Vida, traf er auf die Janitscharen, die am Morgen die verdächtigen Männer beobachtet hatten.

„Mein Herr," sagte der Hauptmann, „sie sind aus Temesvár. Und sie haben Geld dabei – ungarisches Geld."

Ali Pasha atmete tief durch. Spione. Vielleicht Vorboten eines größeren Spiels.

„Bringt sie in den Palast. Ich will hören, was sie zu sagen haben."

Der Abend – Eine Stadt in Erwartung

Die Sonne versank hinter der Donau, tauchte die Stadt in dunkles Rot. Die Händler packten ihre Waren ein, die Tavernen füllten sich, und über den Dächern Vidins wehte der Rauch der ersten Nachtfeuer.

Ali Pasha saß in seinem Palast, während zwei Gefangene vor ihm knieten.

„Für wen arbeitet ihr?" fragte er ruhig.

Einer der Männer, ein junger Ungar mit Narben im Gesicht, schwieg. Der andere, ein Serbe, zögerte, dann sagte er leise: „Für niemanden. Wir sind Händler."

Ali Pasha lachte leise. „Händler mit ungarischem Gold? Ihr habt zwei Möglichkeiten: Ihr sprecht mit mir, oder ihr sprecht mit meinen Wachen."

Die Männer wechselten einen Blick. Sie wussten, was das bedeutete.

Draußen, jenseits der Donau, leuchteten die Feuer eines Lagers – vielleicht eine ungarische Patrouille, vielleicht nur eine Karawane. Aber Ali Pasha wusste:

Vidin war eine Stadt an der Grenze. Eine Stadt, die niemals wirklich schlief.

Denn so war das Leben eines **Statthalters in Vidin – zwischen Macht, Gefahr und der unaufhörlichen Strömung der Donau.**

Lom (Bulgarien)Mustafa Çelebi-Hafenmeister

Lom, ein Tag im Jahr 1524

Lom war im Jahr 1524 eine kleine, aber bedeutende Stadt an der Donau. Gelegen an einem strategisch wichtigen Punkt, diente sie als Handels- und Umschlagplatz zwischen dem Osmanischen Reich und den nördlichen Gebieten Europas. Die Osmanen hatten die Region vor über einem Jahrhundert unterworfen, doch Lom war nie eine große Festungsstadt wie Vidin oder Belgrad. Stattdessen war sie ein Hafen, ein Knotenpunkt für Waren und Reisende, ein Ort, an dem sich Kaufleute, Fischer und Soldaten begegneten.

Der Fluss war das Herz der Stadt. Jeden Tag legten Schiffe an, beladen mit Getreide aus der Walachei, Holz aus den Karpaten, Salz aus Siebenbürgen und Töpferwaren aus dem Süden. Auf den Märkten sprachen die Händler Türkisch, Bulgarisch, Griechisch und Serbisch durcheinander, während die osmanischen Beamten in ihren Schreibstuben die Handelssteuern berechneten und darüber wachten, dass der Sultan seinen Anteil bekam.

Doch Lom war nicht nur ein Ort des Handels – es war auch eine Stadt im Schatten der großen Mächte.

Die Osmanen regierten mit harter Hand, doch in den Wäldern jenseits des Flusses lebten die Hajduken, Gesetzlose und Freiheitskämpfer, die immer wieder osmanische Karawanen überfielen. Die Straßen waren nicht immer sicher, und wer in Lom lebte, wusste, dass ein friedlicher Tag keine Selbstverständlichkeit war.

Hier lebte **Mustafa Çelebi** Hafenmeister in Lom – zwischen Handel, Gefahr und der unaufhörlichen Strömung der Donau.

Das Erwachen in der Hafenstadt

Die ersten Sonnenstrahlen spiegelten sich auf der Donau, als die Fischer ihre Netze einholten und die Händler ihre Stände aufbauten. Der Hafen von Lom erwachte zum Leben, das Knarren der Holzstege und das Rufen der Bootsleute mischten sich mit dem lauten Feilschen auf dem Markt.

Mustafa Çelebi, der Hafenmeister von Lom, stand auf der hölzernen Mole und ließ den Blick über das Wasser schweifen. Er war verantwortlich für den Handel, für die Ankunft und Abfahrt der Schiffe, für die Kontrolle der Fracht. Doch in einer Stadt wie Lom war seine Aufgabe mehr als nur Verwaltung – sie war auch Diplomatie, Überwachung und gelegentlich sogar Einschüchterung.

Sein Diener brachte ihm ein einfaches Frühstück:

- **Fladenbrot mit weichem Schafskäse und frischen Kräutern**

- **Eine Handvoll getrocknete Feigen und Datteln**
- **Ein Becher heißer, starker Mokka, gesüßt mit Honig**

Während Mustafa sein Brot brach, trat einer seiner Hafenarbeiter zu ihm. „Herr Çelebi! Das Schiff aus Ruse ist angekommen!"

Mustafa trat näher, betrachtete das lange, flache Handelsschiff, das langsam anlegte. Männer mit breiten Gürteln und wettergegerbten Gesichtern sprangen an Land, begannen sofort, Säcke und Kisten zu entladen.

„Wein, Mehl, Stoffe aus Konstantinopel", murmelte Mustafa, während er die Ladung überprüfte. Alles war in Ordnung – zumindest auf den ersten Blick. Doch sein Blick blieb an einer Kiste hängen, die mit einem besonderen Siegel versehen war. Ein Zeichen, das er kannte – und das nichts Gutes verhieß.

Der Morgen – Ein Verdacht keimt auf

Nachdem die Ladung überprüft war, begab sich Mustafa zum Markt. Hier war das wahre Herz von Lom – die Stände, die Tavernen, die kleinen Werkstätten, in denen Fischer ihre Netze flickten und Handwerker neue Holzfässer banden.

Er kaufte sich ein frisch gebackenes Sesamgebäck und setzte sich in den Schatten einer Taverne, um die Menschen zu beobachten. In Lom erfuhr man die besten Nachrichten nicht durch Boten, sondern durch das beiläufige Gespräch der Händler.

„Hast du gehört?" flüsterte ein älterer Mann an einem Nachbartisch. „In Nikopol gibt es Unruhen. Sie sagen, die Hajduken haben eine osmanische Karawane überfallen."

Mustafa trank einen Schluck Wasser mit Zitronenstücken. Das würde bedeuten, dass sich die Lage weiter zuspitzte. Doch es gab etwas, das ihn noch mehr beschäftigte – die Kiste mit dem fremden Siegel.

Er kannte dieses Zeichen. Es gehörte einem Kaufmann aus Buda, einem Ungarn, der angeblich mit den Osmanen handelte, aber in Wirklichkeit seine eigenen Pläne verfolgte. Was hatte diese Kiste auf einem osmanischen Handelsschiff zu suchen?

Der Mittag – Ein Treffen im Schatten

Als die Sonne hoch am Himmel stand, ließ Mustafa sich von zwei Hafenarbeitern begleiten und begab sich zu einem abgelegenen Lagerhaus. Die Kiste war bereits dort – versiegelt, unangetastet.

Sein Mittagessen war einfach, aber nahrhaft:

- **Ein Teller würzige Linsensuppe mit Kreuzkümmel und Koriander**
- **Fladenbrot mit Olivenpaste und eingelegtem Gemüse**
- **Ein Krug Wasser, gekühlt mit Tonsteinen aus dem Fluss**

Er aß langsam, während er nachdachte. Dann zog er ein Messer aus seinem Gürtel, brach das Siegel der Kiste und öffnete den Deckel.

Unter einer Schicht aus grobem Tuch lagen Waffen. Feine Klingen, Dolche, Armbrüste – geschmiedet in Ungarn, geschmuggelt auf einem osmanischen Schiff.

Mustafa sog scharf die Luft ein. Das bedeutete Ärger.

„Ruft die Wachen," befahl er leise. „Und bringt mir den Kapitän dieses Schiffes."

Der Nachmittag – Zwischen Loyalität und Gefahr

Während die Sonne tiefer sank, saß Mustafa in seiner Schreibstube und befragte den Kapitän. Der Mann schwitzte, sein Blick huschte unruhig über den Boden.

„Ich wusste nicht, dass sich diese Ware auf meinem Schiff befand, Herr Çelebi! Ich schwöre es!"

Mustafa betrachtete ihn schweigend. Vielleicht sagte er die Wahrheit. Vielleicht auch nicht. In Lom konnte man sich nicht auf Worte verlassen – nur auf Taten.

„Diese Waffen stammen aus Ungarn," sagte Mustafa schließlich. „Sie hätten an Feinde des Reiches geliefert werden können. Das ist Hochverrat."

Der Kapitän wurde bleich. „Ich wusste es nicht, Herr. Bitte… ich bin nur ein Händler."

Mustafa seufzte. Er hatte keine Zeit für langwierige Ermittlungen. Er würde den Kapitän bestrafen müssen – aber nicht zu hart. Schließlich brauchte Lom seine Schiffe.

Er erhob sich. „Du wirst eine Strafe zahlen. Und du wirst mir in Zukunft jedes verdächtige Gut melden, das an Bord kommt. Verstanden?"

Der Kapitän nickte hastig. Mustafa wusste, dass er ihn im Auge behalten musste.

Der Abend – Eine Stadt in Unruhe

Die Sonne versank über der Donau, während die Stadt zur Ruhe kam. Die Händler packten ihre Waren ein, die Fischer kehrten von den Booten zurück, und die Tavernen füllten sich mit Gelächter und Wein.

Mustafa ließ sich sein Abendessen bringen:

- **Gegrillter Fisch aus der Donau, serviert mit Safranreis**
- **Frischer Koriander und Joghurt mit Gurken**
- **Ein Glas herber Granatapfelwein**

Doch während er aß, wusste er, dass die Unruhe nicht vorbei war. Die Kiste hatte bewiesen, dass die Feinde des Osmanischen Reiches sich in Bewegung setzten. Die Frage war nicht, ob es bald Krieg geben würde – sondern nur, wann.

Er trat auf seinen Balkon und ließ den Blick über den Fluss schweifen. Die Donau floss ruhig dahin, scheinbar unberührt von den Sorgen der Menschen.

Denn so war das Leben eines **Hafenmeisters in Lom – zwischen Handel, Gefahr und der unaufhörlichen Strömung der Donau.**

Ruse (Bulgarien)Elena Markova-Malerin

Ruse, Tag im Jahr 1524

Ruse war im Jahr 1524 eine Stadt des Handels, der Reisenden und der Donau. Ihre Märkte summten vor Leben, ihre Tavernen waren voller Stimmen aus aller Herren Länder, und ihre engen Gassen rochen nach frisch gebackenem Brot, Rauch aus den Schmieden und Gewürzen aus fernen Orten.

Seit mehr als einem Jahrhundert stand die Stadt unter osmanischer Herrschaft. Die alten bulgarischen Kirchen waren geblieben, doch daneben erhoben sich nun Minarette, aus denen fünfmal am Tag der Gebetsruf erklang. Osmanische Beamte überwachten die Märkte, und Janitscharen patrouillierten entlang der Stadtmauern, doch Ruse war nicht nur ein militärischer Außenposten. Es war eine Stadt der Kunst, der Handwerker, der Menschen, die das Leben so bunt machten wie die Waren auf dem Markt.

Hier lebte **Elena Markova**, eine Malerin, die wusste, dass Ruse eine Stadt war, in der vieles im Verborgenen geschah.

Das Erwachen in der Stadt der Farben

Die ersten Sonnenstrahlen fielen durch das kleine Fenster des Hauses von Elena Markova, einer Malerin, die für ihre leuchtenden Ikonen und kunstvollen

Wandmalereien bekannt war. Ihr kleiner Raum roch nach Farben, nach Holz und nach feuchtem Putz – ein Zeichen, dass ihre Arbeit vom Vortag noch nicht ganz getrocknet war.

Draußen riefen die Händler bereits lautstark ihre Waren aus, und der Klang von Hufen auf den Pflastersteinen kündigte die ersten Boote an, die am Hafen entladen wurden.

Elena zog sich ein schlichtes Kleid an, wusch sich mit kaltem Wasser aus einer irdenen Schale und setzte sich zu ihrem Frühstück:

- **Ein Laib Brot mit etwas Ziegenkäse und Honig**
- **Eine Handvoll Walnüsse und getrocknete Feigen**
- **Ein Krug dünner Wein, mit Wasser gemischt**

Während sie aß, betrachtete sie ihr neuestes Werk – eine große Ikone der Heiligen Maria, die sie für eine orthodoxe Kirche am anderen Ende der Stadt anfertigte. Die Farben waren kräftig, doch es fehlte noch der letzte Glanz, das Gold, das ihre Figuren fast lebendig machte.

Der Morgen – Zwischen Kunst und Markt

Elena nahm ihren Pinsel und machte sich an die Arbeit. Sie mischte Ei mit Pigmenten, rührte das Goldpulver mit Öl und setzte feine Striche auf das Bild. Ihre

Finger waren fleckig von den Farben, doch sie bemerkte es kaum – sie sah nur die Schönheit, die langsam entstand.

Doch die Zeit drängte.

Gegen Mittag rollte sie die Skizzen für ihr nächstes Werk zusammen, legte einige kleine Ikonen in einen geflochtenen Korb und machte sich auf den Weg zum Markt. Hier, zwischen den Gewürzhändlern und Fischverkäufern, hatte sie eine kleine Ecke, an der sie ihre Arbeiten verkaufte.

„Elena!" rief eine alte Frau, die in einer Taverne Brot backte. „Komm her! Ich habe noch ein Stück für dich."

Sie nahm dankend das warme Fladenbrot mit Kräutern an und biss hinein. Der Geschmack war würzig, die Kruste knusprig – ein perfektes Mahl, während sie ihren Stand aufbaute.

„Schöne Ikonen!" rief ein Mann mit breiten Schultern und einem vollen Bart. „Sind sie teuer?"

Elena lächelte. „Nicht teurer als das Brot, das du isst, mein Herr."

Der Mann lachte, betrachtete die Bilder – und kaufte eine kleine Heiligenfigur für seine Frau.

Der Mittag – Eine Begegnung am Hafen

Als die Sonne ihren höchsten Punkt erreichte, gönnte sich Elena eine Pause. Sie setzte sich auf eine

Holzbank in der Nähe des Hafens und aß ihr Mittagessen:

- **Eine Schale Bohnensuppe mit Majoran und Knoblauch**
- **Ein Stück Fladenbrot mit Oliven**
- **Ein Krug Wasser mit Zitronenstücken**

Während sie aß, beobachtete sie die Männer, die die Schiffe entluden. Ein Boot aus Nikopol hatte fein gewebte Teppiche gebracht, ein anderes beladen mit Säcken voller Gewürze.

Plötzlich bemerkte sie eine Gestalt, die ihr bekannt vorkam – ein Mann in dunkler Kleidung, mit ruhigen, wachsamen Augen. Sie hatte ihn schon einmal gesehen, vielleicht in einer Taverne oder auf einem Markt. Doch was machte er hier?

Er schien sich für eine Kiste zu interessieren, die mit ungewöhnlichen Zeichen versehen war. Als er sie bemerkte, sah er sie einen Moment zu lange an – dann wandte er sich ab und verschwand in der Menge.

Ein Schauer lief ihr über den Rücken.

Der Nachmittag – Farben und Schatten

Zurück in ihrer Werkstatt versuchte Elena, sich wieder auf ihre Arbeit zu konzentrieren. Doch ihre Gedanken kreisten immer wieder um den Fremden. Sie war keine Spionin, keine Kämpferin – aber sie wusste, dass Ruse eine Stadt war, in der vieles im Verborgenen geschah.

Sie atmete tief durch, nahm ihren Pinsel und tauchte ihn in das Gold. Wenn die Welt dunkler wurde, dann musste man sie umso mehr mit Licht füllen.

Der Abend – Ein unerwarteter Besuch

Die Sonne senkte sich über die Donau, tauchte die Stadt in warmes Orange. Elena hatte ihr Werk für heute beendet, als plötzlich ein Klopfen an ihrer Tür ertönte.

Sie öffnete vorsichtig – und sah den Mann aus dem Hafen vor sich.

„Ihr habt mich beobachtet," sagte er leise.

Ihr Herz schlug schneller. „Ich bin eine Malerin. Ich beobachte immer."

Er musterte sie einen Moment, dann nickte er. „Ihr solltet vorsichtig sein, Elena Markova. In Ruse gibt es Dinge, die nicht für alle Augen bestimmt sind."

Dann wandte er sich um und verschwand in der Dunkelheit.

Elena schloss langsam die Tür.

Sie wusste nicht, was sich in ihrer Stadt zusammenbraute. Sie wusste nur eines: lange würde es nicht mehr dauern bis sich die Wahrheit offenbarte.

Denn so war das Leben einer **Malerin in Ruse – zwischen Farben, Geheimnissen und der unaufhörlichen Strömung der Donau.**

Giurgiu (Rumänien)Mihail Sârbu-Lautenbauer

Giurgiu, ein Tag im Jahr 1524

Giurgiu war im Jahr 1524 eine kleine, aber lebendige Handelsstadt an der Donau. Ihre strategische Lage als Verbindungsstelle zwischen dem Osmanischen Reich und den nördlichen Gebieten machte sie zu einem Dreh- und Angelpunkt für Waren und Reisende. Doch unter all den Kaufleuten, Händlern und Soldaten, die die Stadt bevölkerten, war auch einer, dessen Beruf in den letzten Jahren zunehmend gefragt war: der Instrumentenbauer.

Die Stadt war von einer Mischung aus osmanischer Kultur und der Musiktradition der Walachen geprägt. Die Klänge der traditionellen **Lauten** und **Tamburins** mischten sich mit den feineren Tönen der osmanischen **Kanun** und **Oud**, was Giurgiu zu einem Ort machte, an dem die Musik eine zentrale Rolle im täglichen Leben spielte.

Hier lebte **Mihail Sârbu** ein Handwerker, der sein Leben der Kunst des Lautenbaus gewidmet hatte. Er stammte aus einer langen Linie von Handwerkern, die sich auf die Fertigung von Musikinstrumenten spezialisiert hatten, doch seine Werke waren besonders gefragt – nicht nur in Giurgiu, sondern auch in den benachbarten Städten und Dörfern, die von der reichen musikalischen Tradition der Region beeinflusst wurden.

Das Erwachen im Werkstattzimmer

Als die Sonne in den Himmel stieg und der Hafen von Giurgiu erwachte, öffnete Mihail die Tür seiner kleinen Werkstatt, die sich in einem alten Gebäude nahe dem Flussufer befand. Der Duft von frischem Holz und Öl lag in der Luft. Sein Handwerk verlangte Präzision und Geduld. Schon als Junge hatte er die Kunst des Lautenbaus von seinem Vater gelernt, und nun war er der bekannteste Handwerker in der Region.

Sein Frühstück war einfach:

- **Frisches Fladenbrot mit Ziegenkäse**
- **Ein Krug Tee, der mit Kräutern aus dem Garten seines Vaters gewürzt war**
- **Ein Stück getrocknetes Fleisch**

Mihail nahm sich die Zeit, ruhig zu essen und dabei nachzudenken. In letzter Zeit hatte er immer mehr Aufträge erhalten – sowohl von den osmanischen Händlern, die die Stadt durchzogen, als auch von den örtlichen Musikern, die für die bevorstehenden Feste neue Instrumente brauchten.

Er griff nach einem alten Skizzenbuch, das die Entwürfe seiner Instrumente enthielt. Heute würde er eine neue Laute fertigstellen – mit feinster Eichenholzdecke und einem Hals aus Kirschbaum, den er kürzlich aus den Wäldern in der Nähe von Giurgiu geholt hatte.

Der Morgen – Das Holz für die Laute

Mihail trat in den inneren Teil seiner Werkstatt, wo verschiedene Werkzeuge auf den Tisch lagen – Feilen, Sägen und Stichel. Er nahm das frisch zugeschnittene Stück Holz und begann, die feinen Linien der Laute zu schnitzen. Der Klang der Werkzeuge, die das Holz bearbeiteten, vermischte sich mit den Geräuschen der Stadt draußen: dem Rufen der Fischer, dem Lärmen der Händler und dem Rauschen des Flusses.

Er arbeitete konzentriert, während sein Handwerkergeist sich den Details widmete. Der Hals der Laute musste perfekt geformt sein, um einen klaren, tiefen Klang zu erzeugen. Mihail wusste, dass dies seine größte Stärke war – jedes Instrument, das seine Werkstatt verließ, hatte eine besondere Wärme, einen einzigartigen Klang, den die Musiker liebten.

Während er arbeitete, dachte er an die bevorstehenden Feste in der Stadt. Giurgiu war bekannt für seine Musik und Tanzfeste, bei denen die Musik oft bis spät in die Nacht hallte. Es würde ein großer Markt kommen, bei dem sowohl die Osmanen als auch die Walachen ihre Waren und Kulturen präsentierten. Mihail würde einige Instrumente verkaufen, aber er wusste, dass es auch bei solchen festlichen Anlässen viele Aufträge für neue Lauten geben würde.

Der Mittag – Musik auf dem Markt

Zur Mittagszeit zog es Mihail auf den Markt. Er brachte seine neuesten Instrumente und stellte sie stolz an einem kleinen Stand auf. Der Markt war voll von Menschen – Fischer, Händler, Handwerker und Musiker. Der Klang von Laute, Trommel und Flöte mischte sich mit dem Klappern der Karren und dem Rufen der Verkäufer.

Ein Musiker kam auf ihn zu – ein älterer Mann, dessen Gesicht von der Sonne gezeichnet war. „Mihail! Deine Instrumente haben den besten Klang in ganz Giurgiu", sagte der Musiker mit einem Lächeln. „Ich brauche eine neue Laute für das Fest, das bald stattfindet. Kannst du mir noch eine fertig machen?"

„Natürlich, mein Freund," antwortete Mihail. „Ich werde sie in den nächsten Tagen anfertigen."

Doch während er mit dem Musiker sprach, bemerkte er etwas Ungewöhnliches: Ein Mann mit dunklen Augen, der sich im Hintergrund aufhielt und alles genau beobachtete. Mihail konnte sich nicht genau erklären, warum, aber etwas an diesem Mann ließ ihn misstrauisch werden.

Der Nachmittag – Ein unerwarteter Auftrag

Am Nachmittag, als die Sonne tiefer stand, trat ein weiterer Mann an Mihail heran. Dieser war hochgewachsen, mit einer kräftigen Erscheinung, und trug die typischen Roben eines osmanischen Händlers.

„Meister Mihail, ich habe gehört, dass du der beste Lautenbauer der Stadt bist. Ich benötige eine besondere Laute, eine, die nicht nur gut klingt, sondern auch... einzigartig ist."

Mihail trat einen Schritt zurück, die Augen des Mannes musterten ihn aufmerksam. „Einzigartig? Was genau meinen Sie damit?"

Der Mann lächelte geheimnisvoll. „Eine Laute, die im Besitz eines Prinzen sein könnte. Ich zahle gut, sehr gut. Du wirst dafür bekannt werden , dass du für die höchsten Kreise arbeitest."

Mihail zögerte. „Was für eine Laute benötigen Sie?"

„Eine mit einem besonders tiefen, vollen Klang. Und aus Holz, das niemals verrottet. Du wirst den besten Klang für mich schaffen." Der Mann reichte Mihail ein kleines Bündel Goldmünzen.

„Ich werde tun, was ich kann", sagte Mihail schließlich, obwohl er innerlich misstrauisch wurde. Die Frage, was der Mann wirklich wollte, schwebte in der Luft.

Der Abend – Eine Stadt voller Geheimnisse

Als die Sonne unterging und die Lichter der Stadt begannen zu erstrahlen, kehrte Mihail in seine Werkstatt zurück. Die goldenen Münzen lagen in seiner Tasche, aber der Auftrag ließ ihm keine Ruhe. Was hatte dieser Mann wirklich im Sinn? Und warum hatte er diese besondere Laute verlangt?

Mihail setzte sich an seine Arbeit, aber der Klang der Werkzeuge und das Schneiden des Holzes wirkten heute nicht wie gewöhnlich. Etwas in der Luft ließ ihn wissen, dass dieser Auftrag vielleicht mehr bedeuten würde als nur ein weiteres Instrument.

Denn so war das Leben eines **Lautenbauers in Giurgiu – zwischen Handwerk, Geheimnissen und der unaufhörlichen Strömung der Donau.**

Brăila (Rumänien)Alexandru "Sandu" Ionescu-Tischler

Brăila, ein Tag im Jahre 1524

Brăila war im Jahr 1524 eine Stadt, die in ständiger Bewegung war – wie der Fluss, der an ihr vorbeiströmte. Gelegen an einem wichtigen Knotenpunkt an der Donau, war Brăila eine der wichtigsten Handelsstädte des Fürstentums Walachei und gleichzeitig ein zentraler Punkt im transdanubischen Handel. Ihre Hafenanlagen zogen Kaufleute aus dem gesamten Osmanischen Reich, der Walachei, aber auch aus den Gebieten des Habsburgerreichs und sogar von weiter entfernten Orten wie Venedig und Konstantinopel an.

Die Stadt war ein Schmelztiegel aus Kulturen und Handelsgütern, und ihre Märkte waren lebendig und voller Geräusche. Hier wurde nicht nur mit Getreide, Holz und Salz gehandelt, sondern auch mit Gewürzen, Seide, Wein und exotischen Waren. Doch Brăila war auch ein Ort der Unsicherheit – inmitten politischer Spannungen zwischen dem Osmanischen Reich und den Habsburgern. Die Walachen standen zwischen den beiden großen Mächten, und niemand konnte sagen, wie lange der Frieden halten würde.

Hier lebte **Alexandru "Sandu" Ionescu**, ein Handwerker, der für seine Tischlerkunst bekannt war

Das Erwachen in Brăila

Der Tag brach in Brăila mit dem ersten Licht über der Donau an. Der Fluss war ruhig, doch die Stadt war bereits voller Leben. Fischer kamen mit ihren Booten an, und von den Dächern der schlichten Häuser hallte der Ruf der ersten Händler, die ihre Stände aufbauten.

Alexandru "Sandu" Ionescu, ein Handwerker, der für seine Tischlerkunst bekannt war, erwachte in seinem kleinen Haus nahe des Hafens. Er war ein Mann, der seine Arbeit liebte und sie mit Hingabe verrichtete. Holz war für ihn mehr als nur ein Material – es war eine Kunstform. Sandu war dafür bekannt, feine Möbel zu fertigen, die nicht nur in Brăila, sondern auch in den benachbarten Städten begehrt waren.

Sein Frühstück war schlicht:

- **Ein Stück Brot, noch warm aus dem Ofen**
- **Ein wenig Ziegenkäse und frische Tomaten**
- **Ein Becher einfachen Tees mit Pfefferminz**

Seine Frau, Maria, war schon mit der Arbeit beschäftigt, und auch seine beiden Kinder, Ilie und Anca, halfen beim Aufräumen und Zubereiten für den Tag. Sandu nahm sich einen Moment, um zu beobachten, wie die Sonne langsam über den Dächern von Brăila aufging und den Fluss in ein goldenes Licht tauchte. Es war ein friedlicher Morgen, aber in der Luft lag etwas, das Sandu nicht ganz beschreiben konnte – eine Ahnung von Veränderung.

Der Morgen – Arbeit und Handel am Hafen

Nachdem er das Frühstück beendet hatte, nahm Sandu seinen Werkzeugkasten und machte sich auf den Weg zu seiner Werkstatt am Hafen. Die Werkstatt war klein, aber sie war seine Welt – der Raum, in dem er seinen eigenen Rhythmus fand, in dem das Rascheln des Holzes und das Singen des Hobels den Tag bestimmten.

Doch am Hafen herrschte schon geschäftiges Treiben. Lastkähne legten an, beladen mit Salz aus der Walachei und Wein aus den Hügeln von Transsilvanien. Der Klang der Wellen, die gegen die Holzplanken der Stege schlugen, vermischte sich mit den Rufen der Händler.

„Sandu! Du hast Arbeit für mich?" rief ein Kaufmann, der sich mit einem Sack Gewürzen beladen hatte. „Ich brauche einen neuen Tisch für meine Taverne, einen, der gut aussieht und viel aushält."

Sandu nickte und machte eine Notiz in seinem Kopf. „Komm morgen wieder. Ich werde dir den besten Tisch anfertigen."

Doch sein Blick blieb an einem Boot hängen, das gerade anlegte. Auf dem Schiff war ein Mann, der in dunklen Roben gehüllt war und einen seltsamen Kasten bei sich trug. Sandu konnte den Kasten nicht genau erkennen, aber er hatte ein ungutes Gefühl. Etwas an diesem Mann wirkte merkwürdig – und als der Mann sich in Richtung des Marktes bewegte, fiel ihm etwas in den Sinn: Gerüchte von Spionen und geheimen Lieferungen, die in den letzten Tagen durch die Stadt gingen.

Er ließ es jedoch nicht weiter beunruhigen und kehrte zu seiner Arbeit zurück, um die Pläne für den Tisch zu skizzieren.

Der Mittag – Gespräche auf dem Markt

Zur Mittagszeit machte Sandu eine Pause und ging zum Markt. Die Sonne brannte heiß auf die Köpfe der Händler, doch der Markt war dennoch voller Leben. Der Duft von gebratenem Fisch und Gewürzen lag in der Luft. Händler riefen ihre Preise aus, und die Menschen standen zusammen und diskutierten über die neuesten Gerüchte.

„Hast du gehört?" fragte ein älterer Mann, der mit seinen Waren die Straßen entlang schlenderte. „Es heißt, die Osmanen rücken näher. Vielleicht sogar bis zu uns hier in Brăila."

„Vielleicht", antwortete ein anderer, „aber vielleicht ist das nur die übliche Panik. Die Donau ist die Grenze, und die Osmanen wissen, dass wir hier stehen."

Sandu hörte diese Gespräche und spürte, wie eine Kälte in ihm aufstieg. Die Gerüchte über die bevorstehenden Kämpfe waren nicht neu. Aber die Angst war greifbar. Was würde aus ihm und seiner Familie werden, wenn Brăila ins Visier genommen würde? Was würde aus seiner Werkstatt, aus seinem Handwerk?

Der Nachmittag – Ein unerwarteter Auftrag

Am Nachmittag erhielt Sandu Besuch von einem weiteren Mann, der neu in der Stadt war – ein Reisender aus Bukarest. Der Mann, ein Händler, trug eine schwere Ledertasche bei sich, die er nicht ablegte.

„Sandu Ionescu, ich habe gehört, dass du der beste Handwerker in der Region bist", sagte der Mann mit einer tiefen, dröhnenden Stimme. „Ich benötige ein Möbelstück, das sowohl als Kunstwerk als auch als praktisches Stück dienen kann."

Sandu neigte seinen Kopf. „Was genau brauchen Sie?"

Der Händler zog ein altes Pergament aus seiner Tasche und entrollte es vor ihm. „Ich möchte, dass du mir eine Truhe baust. Aber nicht irgendeine Truhe. Eine, die den größten Wert für mich trägt – eine Truhe, die verborgenes Wissen enthält. Und vielleicht mehr..."

Sandu runzelte die Stirn. „Was genau meinen Sie?"

Der Mann sah sich um und beugte sich näher zu ihm. „Eine Truhe, die das wahre Erbe von Brăila schützt. Verstehst du, was ich meine?"

Sandu fühlte sich unbehaglich, aber auch neugierig. Der Mann sprach in Rätseln. Doch die Belohnung war zu verlockend, um zu widerstehen. „Ich werde es tun. Aber ich muss mehr wissen, bevor ich beginne."

Der Händler nickte nur und verschwand, ebenso schnell wie er gekommen war. Sandu blickte ihm nach, unsicher, was dieser Auftrag wirklich bedeutete.

Der Abend – Ein Blick auf die Donau

Die Sonne neigte sich dem Horizont entgegen, als Sandu zurück in seine Werkstatt ging. Der Tag war hektisch gewesen, und doch hatte er das Gefühl, dass etwas nicht stimmte. Die Truhe, der geheimnisvolle Auftrag – es war mehr als nur ein einfaches Möbelstück.

Er trat nach draußen und setzte sich auf einen Felsen am Ufer der Donau, um die Strömung zu beobachten. Die Wellen glitten ruhig dahin, als ob sie keine Eile hätten.

Denn so war das Leben eines **Handwerkers in Brăila – zwischen Arbeit, Geheimnissen und der unaufhörlichen Strömung der Donau.**

Galați (Rumänien)Ion Popescu-Schmied

Galați, Tag im Jahr 1524

Galați war im Jahr 1524 eine wichtige Handelsstadt am östlichen Ufer der Donau, die ihre Bedeutung nicht nur durch ihre Lage als Hafenstadt, sondern auch als Verbindungspunkt zwischen dem Osmanischen Reich und den südlichen Gebieten Europas verdiente. Die Stadt war ein pulsierendes Handelszentrum, das sowohl von den Osmanen als auch von den Walachen und anderen Kulturen der Region beeinflusst wurde.

Die Donau war das Leben der Stadt. Sie verband die Märkte von Galați mit jenen in Konstantinopel, Buda und weiter im Westen bis nach Wien. Der Handel mit Waren wie Getreide, Salz, Holz und Wein war die Grundlage des Wohlstands. Doch Galați war auch ein Ort, an dem sich die verschiedenen Völker und Kulturen trafen – Osmanen, Walachen, Serben und Händler aus der ganzen Region. Diese Vielfalt war nicht nur in den Märkten spürbar, sondern auch in den Menschen und ihren Handwerken.

Doch wie in vielen Grenzstädten dieser Zeit war Galați nicht nur ein Zentrum des Handels, sondern auch ein Ort von Spannung und Unsicherheit. Die politische Situation war instabil, und während das Osmanische Reich immer stärker in die Region vordrang, gab es immer wieder Aufstände und Konflikte mit den Walachen und anderen europäischen Mächten.

Hier lebte **Ion Popescu**, ein talentierter Schmied, zwischen Arbeit, Dilemmata und der unaufhörlichen Strömung der Donau.

Das Erwachen in Galați

Der Morgen in Galați begann früh. Das erste Licht des Tages brach über den Hafen und spiegelte sich im sanften Flusswasser. Die Schiffe aus dem Süden, beladen mit Gewürzen, Stoffen und Kunstwerken aus Konstantinopel, kamen an, während Händler ihre Stände aufbauten und das geschäftige Treiben begann.

Ion Popescu, ein talentierter Schmied, der seit Jahren in der Stadt lebte, erwachte in seiner bescheidenen Wohnung nahe dem Fluss. Als Schmied war er bekannt für seine Kunstfertigkeit in der Herstellung von Waffen und Werkzeugen, aber auch für seine Leidenschaft für Metallarbeiten und -verzierungen. Es war nicht ungewöhnlich, dass er mit den osmanischen Soldaten oder den wohlhabenden Händlern der Stadt zusammenarbeitete, die oft neue Schwerter oder verzierte Rüstungen benötigten.

Ion hatte heute keinen großen Auftrag, aber die Stadt war immer in Bewegung, und er wusste, dass er mit seiner Arbeit immer gebraucht wurde. In der Früh aß er ein einfaches Frühstück:

- **Frisches Brot mit Ziegenkäse**

- **Ein Krug Wasser, das er mit einem Schuss Pfefferminztee versetzte**
- **Ein Stück geräuchertes Fleisch, das seine Frau ihm immer vorbereitete**

„Ion, der Markt ist schon voller Leben. Die Händler brauchen deine Werkzeuge", rief seine Frau, Ana, die in der Küche beschäftigt war.

Ion nickte und zog seine Lederhandschuhe an. Es war Zeit, sich auf den Tag vorzubereiten.

Der Morgen – Arbeit am Amboss

Ion ging in seine Werkstatt, die sich in einem kleinen Gebäude hinter seinem Haus befand. Der Klang des Hammers, der auf das glühende Eisen traf, mischte sich mit den Geräuschen der Stadt – dem Rufen der Fischer, dem Lärm des Marktes und dem Plätschern des Flusses. Die Werkstatt war voll von Werkzeugen und Rohmaterialien, die er im Laufe der Jahre gesammelt hatte. Der Ofen brannte, und das Feuer glühte, als Ion sich an seine Arbeit machte.

„Der Tag ist gut", murmelte Ion, als er die ersten Stücke Eisen bearbeitete. Seine Hände bewegten sich schnell und geübt, während er die Waffe für einen lokalen Händler in Form brachte. Es war eine einfache Arbeit, aber seine Fähigkeiten machten den Unterschied.

Doch inmitten seiner Arbeit hörte Ion das Hufgetrappel von Pferden. Er wusste, dass heute ein Tag war, an dem er einen besonderen Kunden empfangen sollte – ein osmanischer Offizier, der immer wieder bei ihm bestellte. Ion hatte mit diesen Soldaten zu tun, aber seine Freundschaft mit ihnen war oberflächlich. Er wusste, dass er ihnen gegenüber immer vorsichtig sein musste, um nicht in Konflikte verwickelt zu werden.

Der Mittag – Ein Angebot von oben

Zur Mittagszeit, als die Sonne den höchsten Punkt erreichte, setzte Ion sich in den Schatten der Werkstatt, um eine Pause zu machen. Er aß ein einfaches Mahl:

- **Ein Teller Bohnensuppe mit geräuchertem Speck und Zwiebeln**
- **Ein Stück Brot mit Oliven**
- **Ein Krug frisches Wasser**

Während er aß, tauchte der osmanische Offizier auf, der ihm bereits früher Aufträge gegeben hatte. „Ion Popescu", sagte der Mann mit einem ernsten Gesichtsausdruck. „Ich brauche deine Hilfe bei etwas Wichtigerem als gewöhnlich."

Ion nickte und legte den Löffel beiseite. „Was möchtest du von mir?"

„Es geht um den Handel mit Waffen. Wir müssen die besten Schwerter für die Truppen herstellen. Du weißt, was das bedeutet, Ion. Wenn du dir den Auftrag sicherst, wirst du nicht nur einen guten Lohn bekommen. Du wirst die besten Rohstoffe und das goldene Siegel des Sultans haben."

Ion fühlte sich unwohl. Der Gedanke, in die politischen Intrigen der Osmanen verwickelt zu werden, schien verlockend, aber er wusste, dass es gefährlich war.

„Ich bin kein Mann, der sich in die großen Dinge einmischt", sagte Ion vorsichtig. „Ich schätze die Arbeit und den Handel, aber was du verlangst, ist zu viel."

Der Offizier sah ihn mit einem kühlen Blick an, bevor er antwortete: „Denke darüber nach, Schmied. Denke daran, dass wir alle Teil dieses Spiels sind."

Ion wusste, dass der Offizier ihn im Auge behalten würde, doch er war entschlossen, keine Entscheidungen zu treffen, die ihn in Gefahr bringen würden.

Der Nachmittag – Eine Entscheidung am Fluss

Am Nachmittag, als der Lärm des Marktes langsam leiser wurde und die Schiffe wieder ablegten, ging Ion an den Fluss. Der Wasserspiegel war heute besonders hoch, und die Strömung trug die Geräusche der Stadt fort.

Er setzte sich an das Ufer und dachte nach. Das Angebot des Offiziers lag schwer auf ihm. Sollte er sich auf einen Handel einlassen, der ihn möglicherweise in Konflikt mit den Walachen oder den Habsburgern bringen könnte? Oder sollte er seinen Prinzipien treu bleiben und die Sicherheit seiner Familie und seines Handwerks wahren?

„Was würdest du tun, Ana?" murmelte Ion in den Wind.

Die Antwort lag nicht in der Politik. Die Antwort war in der Kunst, die er schuf, in den einfachen, aber beständigen Dingen des Lebens. Ion wusste, dass er weiterhin den Weg des Handwerks wählen würde – und nicht den der Politik.

Der Abend – Ein Handwerker zwischen den Welten

Als die Sonne unterging und die letzten Farben des Himmels über die Donau zogen, kehrte Ion in seine Werkstatt zurück. Die Werkstatt war still, nur das Geräusch des Hammers, der auf das Eisen traf, füllte die Luft.

Er dachte an den Offizier und an die Zukunft, die vor ihm lag. Doch in diesem Moment wusste Ion, dass er die richtige Entscheidung getroffen hatte. Die Stadt war voll von Unsicherheiten, doch sein Handwerk würde immer der sichere Hafen bleiben, den er brauchte.

Denn so war das Leben eines **Schmiedes in Galați – zwischen Arbeit, Dilemmata und der unaufhörlichen Strömung der Donau.**

Tulcea (Rumänien)Constantin Dumitru-Töpfer

Tulcea, ein Tag im Jahr 1524

Tulcea, im Jahre 1524, war eine Stadt am Schnittpunkt von Wasser und Land. Sie lag am Rande des Donaudeltas, dem größten Delta Europas, und markierte das Ende der Donau, die sich hier in zahllose Arme und Kanäle aufspaltete. Von dieser geografischen Lage aus führte der Fluss seine Wasser in das Schwarze Meer. Tulcea war ein Handels- und Fischereizentrum, das den Übergang von den weiten Wassern der Donau zu den verzweigten Wasserwegen des Deltas bildete. Es war ein Ort, an dem der Fluss nicht nur das Leben, sondern auch das Handelsnetz der Region prägte.

Obwohl das Osmanische Reich die politische Kontrolle über die Stadt innehatte, war das Leben in Tulcea von den verschiedenen Kulturen und Traditionen des Deltas geprägt – von den Walachen, den türkischen Händlern, den slawischen Völkern und den Roma, die hier lebten und arbeiteten. Der Fluss war der Lebensnerv, der alle miteinander verband.

Hier lebte **Constantin Dumitru** ein Töpfer, der das Handwerk mit Leidenschaft und Hingabe betrieb.

Das Erwachen in Tulcea

Der Tag begann früh für Constantin Dumitru, einen lokalen Töpfer, dessen Werkstatt in der Nähe des Flusses lag. Constantin war ein Mann, der das Handwerk mit Leidenschaft und Hingabe betrieb. Seit Jahren fertigte er Krüge, Töpfe, Schalen und andere Gebrauchsgegenstände, die nicht nur bei den einheimischen Walachen beliebt waren, sondern auch bei den Händlern und Reisenden, die durch die Stadt zogen.

Die Sonne schien durch das kleine Fenster seiner Werkstatt, als er sich aus dem Bett schälte. Der Duft von frischem Ton erfüllte den Raum, der von den sanften Tönen des Flusses begleitet wurde. Constantin aß ein einfaches Frühstück, das seine Frau, Elena, ihm zubereitet hatte:

- **Ein Stück selbstgebackenes Brot, noch warm aus dem Ofen**
- **Ein Becher Ziegenmilch**
- **Ein paar getrocknete Feigen und Nüsse**

„Die Arbeit wartet, Constantin", sagte Elena sanft, als sie die Fenster öffnete, um frische Luft in die Werkstatt zu lassen. „Es wird ein geschäftiger Tag, der Markt wird voll sein."

Constantin nickte, nahm einen letzten Schluck Tee und machte sich bereit. Heute wollte er eine große Lieferung an Krügen und Töpfen zu den Händlern am

Markt bringen, die sie für den Handel mit den benachbarten Städten und Dörfern benötigten.

Der Morgen – Der Markt von Tulcea

Als der Morgen fortschritt und die Sonne höher stieg, zog Constantin seinen Wagen voll mit frisch gefertigten Töpferwaren zum Markt. Der Markt von Tulcea war der Treffpunkt aller, die Handel trieben, vom Fisch bis hin zu Stoffen und Gewürzen, die aus dem Süden kamen. Hier trafen sich Händler aus allen Teilen der Donau-Region, die ihre Waren feilboten. Constantin wusste, dass der Markt heute besonders wichtig war, da Händler aus Konstantinopel und der Walachei erwartet wurden, um ihre Waren zu verkaufen.

„Constantin! Endlich!" rief ein befreundeter Händler, der seine Stände mit getrocknetem Fisch und Salz befüllte. „Ich habe die Töpfe für den nächsten Monat dringend gebraucht. Und wie immer, die beste Arbeit aus Tulcea!"

Constantin lachte und stellte seine Ware auf den Tisch. „Es freut mich, dass du sie schätzt. Aber du weißt, es ist der Fluss, der alles hierher bringt. Die besten Materialien kommen aus den Ufern der Donau und des Deltas."

Der Fluss war tatsächlich das Fundament von allem in Tulcea. Er brachte nicht nur Handel und Wohlstand, sondern auch den Ton, den Constantin so sorgfältig bearbeitete, um daraus seine Töpferwaren zu schaffen.

Doch während der Tag voranschritt, bemerkte Constantin, dass der Markt nicht nur von Geschäftsleuten, sondern auch von Reisenden belebt war – von denen, die durch das Delta reisten, und von denen, die auf den nächsten Handel warteten. Diese ständige Bewegung und das stetige Kommen und Gehen von Waren und Menschen war das wahre Leben der Stadt.

Der Mittag – Ein Geschäft mit den Händlern

Zur Mittagszeit wurde es noch geschäftiger, als mehr Reisende auf dem Markt auftauchten. Constantin hatte schon mehrere Krüge verkauft, als ein Händler aus Bukarest an seinem Stand anlangte.

„Was hast du heute dabei?" fragte der Mann, dessen Gesicht in der Sonne glänzte. „Ich brauche etwas für die Taverne, die ich in der Stadt betreibe. Etwas Robustes, etwas für den täglichen Gebrauch."

„Da sind meine besten Krüge", antwortete Constantin und zeigte dem Mann einige seiner neuen Arbeiten. „Sie sind nicht nur funktional, sondern auch haltbar. Die besten Töpferwaren aus dem Delta."

Der Händler nickte zufrieden und kaufte mehrere Krüge. Constantin wusste, dass der Markt in Tulcea immer voller Leben und Bewegungen war, und dass solche Verkäufe Teil des alltäglichen Rhythmus waren.

Der Nachmittag – Der Fluss als Grenze

Nachdem Constantin seinen Verkauf abgeschlossen hatte, nahm er sich eine Pause und setzte sich an den Rand des Marktes, um das geschäftige Treiben zu beobachten. Der Fluss lag ruhig vor ihm, die Strömung trug die Geräusche der Stadt und des Marktes fort, als wären sie nur ein Teil der großen, unaufhaltsamen Bewegung des Wassers.

„Der Fluss, er bleibt immer gleich, selbst wenn sich alles um ihn verändert", dachte Constantin bei sich.

Er wusste, dass er mit seiner Arbeit als Töpfer nur ein kleiner Teil dieses größeren Kreislaufs war. Aber der Fluss und das Leben, das er in Tulcea brachte, waren für ihn von entscheidender Bedeutung. Der Fluss trug nicht nur Waren, sondern auch die Geschichten und das tägliche Leben der Menschen, die an seinem Ufer lebten und arbeiteten.

Der Abend – Die Ruhe nach dem Markt

Am Abend, als der Markt langsam leerer wurde und die Geräusche der Stadt nachließen, kehrte Constantin nach Hause zurück. Die Sonne neigte sich und tauchte den Fluss und die Stadt in ein sanftes, oranges Licht.

„Heute war ein guter Tag", dachte er, als er den Wagen mit den wenigen übrig gebliebenen Krügen in die Werkstatt zurückbrachte. Die Menschen waren zufrieden, der Handel hatte gut funktioniert, und der

Fluss, der alles verband, strömte weiter in das weite Delta, das sich vor ihm ausbreitete.

Als er sich in seiner kleinen Werkstatt niederließ, dachte er über den Verlauf des Tages nach. Der Markt, der Handel und das Leben in Tulcea waren Teil eines größeren Musters – der Donau, die das Tor zu den Mündungsgebieten bildete. Constantin wusste, dass der Fluss für ihn ebenso beständig und unergründlich war wie das Handwerk, das er praktizierte.

Denn so war das Leben eines **Töpfers in Tulcea – zwischen Arbeit, Handel und der unaufhörlichen Strömung der Donau, die das Tor zum geheimnisvollen Delta bildete.**

Donaustädte im Buch

- **Donaueschingen** (Deutschland)
- **Ulm** (Deutschland)
- **Ingolstadt** (Deutschland)
- **Regensburg** (Deutschland)
- **Passau** (Deutschland)
- **Linz** (Österreich)
- **Krems** (Österreich)
- **Wien** (Österreich)
- **Bratislava** (Slowakei)
- **Győr** (Ungarn)
- **Esztergom** (Ungarn)
- **Budapest** (Ungarn)
- **Dunaújváros** (Ungarn)
- **Baja** (Ungarn)
- **Mohács** (Ungarn)
- **Novi Sad** (Serbien)
- **Belgrad** (Serbien)
- **Smederevo** (Serbien)
- **Drobeta-Turnu Severin** (Rumänien)
- **Vidin** (Bulgarien)
- **Lom** (Bulgarien)
- **Ruse** (Bulgarien)
- **Giurgiu** (Rumänien)

- **Brăila** (Rumänien)
- **Galați** (Rumänien)
- **Tulcea** (Rumänien)

Nachwort

Die Donau hat viele Geschichten erzählt – Geschichten von Menschen, die an ihren Ufern lebten, handelten, kämpften und träumten. Während ich dieses Buch schrieb, wusste ich, dass ich nur einen winzigen Teil dieser Geschichten in Worte fassen konnte. Die Donau hat in ihren Jahrhunderten mehr erlebt, als wir uns je vorstellen können, und doch bleibt sie für viele von uns ein Mysterium, ein Fluss, dessen wahre Tiefe nur durch die Augen derer zu erkennen ist, die sich auf ihre Strömung einlassen.

In „Ein Tag an der Donau – vor 500 Jahren" habe ich versucht, einen Moment in der Zeit festzuhalten, in dem der Fluss nicht nur ein geographisches Merkmal, sondern ein lebendiger Zeuge der Geschichte war. Doch so wie der Fluss sich ständig verändert, so haben sich auch die Geschichten dieser Menschen weiterentwickelt. Der Markt von Petrovaradin, die Gassen von Buda und die Ufer von Mohács existieren heute in einer anderen Form, doch ihre Erinnerungen fließen immer noch mit dem Wasser.

Ich hoffe, dass dieses Buch dir nicht nur einen Blick in die Vergangenheit gewährt hat, sondern auch eine tiefe Verbindung zu dem spürt, was uns über Jahrhunderte hinweg verbunden hat: der Menschlichkeit, der Suche nach einem besseren Leben und der unaufhörlichen Strömung der Zeit. Möge die Donau weiterhin als Symbol für diese Verbindungen stehen, nicht nur als Fluss, sondern als Spiegel unserer eigenen Geschichten, die wir täglich schreiben.

Zum Schluss möchte ich allen danken, die mich auf dieser Reise begleitet haben. Deine Reise als Leser ist nun beendet, doch die Strömung des Wissens, der Entdeckung und der Geschichten bleibt immer in Bewegung. So wie der Fluss niemals stillsteht, so bleiben auch unsere Erinnerungen an diese Geschichte lebendig.

Mara von Eichen

Danksagung

Ich danke den **Lesern** , die diese Reise mit mir angetreten haben. Eure Neugier und eure Bereitschaft, in die Vergangenheit einzutauchen, machen all die Mühen und Herausforderungen des Schreibens wert.

Möge die Donau weiterhin Geschichten tragen – Geschichten von der Vergangenheit, die in uns allen lebendig bleiben.

Mara von Eichen

*Erstellung und Gestaltung wurden
mithilfe von WriteControl vorgenommen*